COTTA'S BIBLIOTHEK DER MODERNE

10

JAMES AGEE

# DIE MORGENWACHE

ROMAN

Aus dem Amerikanischen
von Ruth Malchow

Cotta's Bibliothek
der Moderne

Die Originalausgabe erschien 1950 unter dem Titel
»The Morning Watch« bei Houghton Mifflin Company, Boston

Die deutsche Erstausgabe erschien 1964
im Nannen-Verlag GmbH, Hamburg

Printed in Germany 1983
Satz: Steffen Hahn, Kornwestheim
Druck: Wilhelm Röck, Weinsberg
Einband: G. Lachenmeier, Reutlingen

CIP-Kurztitelaufnahme der Deutschen Bibliothek
*Agee, James:*
Die Morgenwache: Roman / James Agee.
Aus d. Amerikan. von Ruth Malchow. –
Stuttgart: Klett-Cotta, 1983.
(Cotta's Bibliothek der Moderne; 10)
Einheitssacht.: The morning watch [dt.]
ISBN 3-608-95201-2
NE: GT

# I

*Meine Seele wartet auf den Herrn,*
*von einer Morgenwache bis zur andern.*
*Psalm CXXX*

Mit versteckter Eitelkeit hatte er gelobt, die ganze Nacht hindurch wach zu bleiben, denn er hatte sich gefragt, und zwar nicht ohne Verachtung gefragt, wie sie als erwachsene Männer ausgerechnet in dieser Nacht, der wichtigsten Nacht ihres Lebens, dem Schlaf nachgeben und damit Ihn in Seiner schwersten Stunde ohne einen einzigen Freund zurücklassen konnten; aber dann war er irgendwann vor Mitternacht eingeschlafen, ohne daß er vorher auch nur einen Hauch von Müdigkeit verspürt hätte; und jetzt war dieser lauschende Schlaf unterbrochen worden, und Richard lag sofort hellwach da und war sich seines Versagens und der Nacht klar bewußt.

Zu spät: es war schon soweit: die dunkelste Stunde der dunkelsten Nacht war da. Während er noch schlief, waren sie bereits mit zornig lodernden Fackeln und mit Schwertern und Stangen in die verzweigten Wege des Gartens eingedrungen; Judas hatte sich herbeigeschlichen und jenem klaren Gesicht sein Schlangenlächeln entgegengehalten; Petrus hatte in getreulichem Zorn das Ohr des betäubten Knechts abgehauen, und Er hatte es behutsam wieder angeheilt: und ohne Kampf hatte Er sich in ihre Hände gegeben. Könnt ihr nicht eine Stunde lang mit mir wachen? Nein, Herr, erwiderte seine gedemütigte Seele: nicht einmal eine: und dreimal hatte er schweigend, in die Dunkelheit emporblickend, an seine Brust geschlagen, während erquickende Tränen der Zerknirschung, der Demütigung und einer Sehnsucht danach, sich würdig zu erweisen, seine Augen füllten und sein Herz erweckten. O ja, diese Stunde war weit dunkler und unergründlicher als die Todesangst und der blutige Schweiß: Er war nicht mehr allein, unsicher; das Los war gefallen und angenommen. Schon hatte in vollem Umfang begonnen, was nur zu einem einzigen Ende führen konnte. In diesem Augenblick stand Er bereits friedvoll vor Pilatus, der einzige Punkt der Ruhe und des Schweigens inmitten des Tumults von Bösartigkeit und Spott und Verrat und Haß und Schlägen und ungewohntem Licht die ganze schlaflose Frühlingsnacht hindurch; während im dunklen Torweg die Magd sogar in diesem Moment Petrus hartnäckig ausfragte und Petrus in Wut und Angst seinen Herrn verleugnete: jetzt weinte er bitter und schrecklich, und jetzt begrüßte der Hahn mit seinem triumphierenden und vorwurfsvollen Schrei den tödlichen Morgen. Eine dunkle, unergründlich dunkle Stunde. Bald fiel jetzt das Urteil, und die Folter begann, die Geißelung, der höhnische Purpurmantel, die unglückselige Dornenkrone: König der Juden.

O Gott, betete er stumm, in feierlicher und festlicher Erregung, laß mich Dein Leiden an diesem Tag erkennen. O laß mich das Leiden Deines lieben Sohnes an diesem Tag erkennen.

In Deinen Wunden verbirg mich.

Laß nicht zu, daß ich von Dir getrennt werde.

Von dem Bösen Feind erlöse mich.

Inzwischen hatten seine Hände unabhängig von seinem Willen und ganz gewohnheitsmäßig das Bettlaken untersucht und abgetastet und dabei festgestellt, daß er das Bett so wenig naß gemacht hatte, daß es am Morgen niemand merken würde. Er stieß einen dankbaren Seufzer aus und senkte den Blick.

Zuerst konnte er in dem ganzen langen Raum nichts weiter erkennen als einen verschwommen zitternden Schimmer in den Fensternischen und die geschwungenen Enden der eisernen Bettstellen, die im rechten Winkel zu seiner eigenen standen: aber als sich der Fuß, dessen Schritt ihn geweckt hatte, von dem ächzenden Brett hob und es wieder knarrte, sah er im Geist riesengroß und nah den grobgestrickten rutschenden, mit Baumwollflöckchen gesprenkelten Strumpf vor sich, und er wußte, daß Pater Whitman sehr müde sein mußte; denn nach dem schlurfenden Geräusch zu urteilen, hoben sich seine Füße kaum vom Fußboden. Er fragte sich, ob Pater Whitman heute nacht wohl überhaupt schlafen werde.

Pater Whitman berührte einen Fuß und flüsterte: »Viertel vor vier.«

»Jawohl, Herr Pater«, sagte Hobe Gillum mit seiner klaren harten Stimme.

Jetzt kam der Priester, so leise er konnte, zwischen den Bettreihen näher, und Richard konnte die gespenstischen Bewegungen seiner hohen Gestalt in der weißen Kutte erkennen.

Pater Whitman blieb vor Jimmy Tooles Bettstelle stehen, berührte ihn am Fuß und flüsterte: »Viertel vor vier.« Jimmy murmelte etwas mit rascher, heller, trauriger Stimme und vergrub den Kopf im Kopfkissen.

Pater Whitman trat zwischen die Betten und berührte ihn an der Schulter. »Viertel vor vier«, flüsterte er etwas lauter.

»Halt's Maul«, winselte Jimmy im Schlaf.

Richard hörte, wie Hobes Knie den Fußboden berührten.

Pater Whitman rüttelte Jimmy an der Schulter.

»Viertel –«

»*Halt* die Schnauze, du *gottverdammter* –«, knurrte Jimmy

und zerrte das Kissen beiseite; und dann mit seinem unterwürfigen, irischen Charme: »O Verzeihung, Herr Pater, ich hab' ja nicht gewußt, daß *Sie* das waren, Herr Pater.«

Am anderen Ende des Schlafsaals erklang heftiges, unterdrücktes Kichern.

»Zeit zum Aufstehen«, flüsterte Pater Whitman.

Das Kichern wurde immer vergnügter. Pater Whitman sprach lauter in die Dunkelheit hinein. »Jetzt aber sofort Schluß damit, sonst muß ich andere Maßnahmen ergreifen.«

Das Kichern erklang hartnäckig weiter, als ob es nicht zu kontrollieren sei, aber jetzt klang es wie von einem Kissen erstickt. Pater Whitman ignorierte es. »Steh lieber sofort auf«, sagte er zu Jimmy. »Sonst schläfst du wieder ein.«

Hobe knöpfte sein Hemd zu.

Ohne ein Wort rollte sich Jimmy aus dem Bett auf die Knie und vergrub den Kopf in den Armen.

Richard schloß die Augen, als Pater Whitman jetzt auf ihn zukam. Sowie er spürte, daß Pater Whitman ihn im nächsten Augenblick berühren würde, machte er die Augen auf und flüsterte: »Ich bin schon wach, Herr Pater.« Er sah die innehaltende Hand vor sich und viel näher und größer, als er erwartet hatte, das erschöpfte, geduldige Pferdegesicht; seine Heuchelei wurde ihm bewußt und er schämte sich.

»Gut«, sagte Pater Whitman. Wetten, daß er gleich Viertel vor vier sagt, dachte Richard. »Viertel vor vier«, sagte Pater Whitman.

»Ja, Herr Pater.«

»Zieh deine Schuhe unten an«, flüsterte er und wandte sich ab. »Zieht eure Schuhe unten an«, sagte er zu Hobe, »und paß auf, daß Jimmy nicht wieder einschläft.«

»Geht in Ordnung, Herr Pater«, sagte Hobe und schlängelte sich in seinen Overall.

»Und daß ihr mir nicht herumtrödelt, wenn ihr fertig seid«, sagte Pater Whitman zu ihm. »Ihr kommt sofort hierher zurück und ins Bett.«

»Ja natürlich, Herr Pater.«

»Bildet euch nicht ein, daß ich es nicht merken werde.«

»Nein, natürlich nicht, Herr Pater.«

Richard kniete neben seinem Bett nieder und barg das Gesicht in den Händen. O Gott, betete er, ich danke Dir, daß ich heute nacht das Bett nicht naß gemacht habe – jedenfalls nicht so, daß man es merkt, fügte er vorsichtig hinzu, weil ihm einfiel, Du, o Gott, siehst mich; um Jesu willen. Amen.

Er sagte rasch das Gebet auf, das Pater Weiler sie gelehrt hatte und das ausreichte, wenn man aus irgendeinem vernünftigen Grund keine Zeit für ein längeres Gebet hatte: Ich preise Dich, mein Gott, an diesem Tage, ich schenke mich Dir, mein Gott, an diesem Tage, ich bitte Dich, mein Gott, mir an diesem Tage beizustehen. Amen.

Er vergrub die Hände im Haar und preßte die Handballen fest auf die geschlossenen Augen und versuchte sich mit aller Kraft vorzustellen, was jetzt geschah, genauso, wie er es im Augenblick des Erwachens vor sich gesehen hatte. Aber jetzt konnte er nur spüren, was für eine besondere Nacht heute nacht war, was für ernste und heilige Stunden diese Stunden waren. Eine seltsame Stille und Kraft schien in der Luft zu liegen, wie immer bei ganz besonderen Gelegenheiten und nie zu gewöhnlichen Zeiten; sie bewirkte, daß er sich ganz leicht und trocken vorkam, sehr wachsam, erwartungsvoll und still, und daß sich ihm beinahe das Haar sträubte. Die Empfindung glich ein wenig dem Gefühl, das er an seinem Geburtstag hatte und zu Weihnachten und zu Ostern, und sie glich noch mehr dem Gefühl, an das er sich jetzt nur selten und schwach erinnerte, dem Gefühl, das er an dem Morgen empfunden hatte, an dem er erfahren hatte, daß sein Vater gestorben war, und an dem Tag, an dem sein Vater begraben worden war. Und trotzdem war sie mit keinem dieser Gefühle oder überhaupt einem anderen Gefühl zu vergleichen; sie war einmalig. Diese Stunden waren die schwersten Stunden der Passion unseres Herrn. Fast vierzig Tage lang war dieses Gefühl nun immer größer und tiefer geworden, wenn auch mit Unterbrechungen, weil er es nicht ganz fertiggebracht hatte, die offiziellen und seine persönlichen geheimen Fastenregeln immer einzuhalten; aber trotzdem hatten sein Ernst und seine getreuliche Befolgung, sein Kummer über sein Versagen, so weit ausgereicht, daß sich das Gefühl immer mehr gesteigert hatte und allmählich tiefer und lohnender geworden war, als er es bisher je erlebt hatte; und jetzt drang er bis zu seinem innersten Kern vor, seinem heiligsten und ehrwürdigsten Schrein, und sein Herz und seine Seele waren vorbereitet und voll Eifer. Schon war nicht mehr Gründonnerstag, der Geburtstag der Eucharistie; dieses trauervoll jubilierende herrliche Wunder war in den Lauf der Welt eingereiht worden; schon war die Welt um ein paar Stunden weitergeschritten in den gewaltigsten, majestätischsten aller Tage hinein, in den Karfreitag; schon hatte sich das Rad so weit gedreht, daß hoch oben am verdunkelten Himmel blendend hell das weiße Osterfest schwebte, die Krone des Jahres, wie der bereits zitternde Beginn einer Lawine. Ostern war jetzt sehr nah, so nah, daß seine Kehle fast überfloß von den österlichen Kirchenliedern und seine Seele sich brennend danach sehnte, losgelassen zu werden und lobpreisen zu dürfen, daß es ihm schwerfiel, noch weiter Geduld zu üben; dennoch waren sein Glaube und seine Versunkenheit so stark, daß er diesen heutigen Tag so trauernd und behutsam begann, als wäre Christus nie vorher gekreuzigt worden und könne nie wieder von den Toten auferstehen. Und doch, jetzt, da er sich danach sehnte, die scharfe Bewußtheit wiederzugewinnen, die er beim Aufwachen empfunden hatte, gelang es ihm nicht, er kniete nur traurig da und versuchte, die ganz besondere Beschaffenheit der Nacht zu erfühlen und von dem Fluidum anderer bedeutungsvoller Augenblicke zu unterscheiden, bis er erkannte, daß er auf dem falschen Weg war, die Hände nur noch fester gegen die Augen drückte und in seinem Herzen wiederholte: Unser Herr Jesus wird gekreuzigt. Unser Herr Jesus wird gekreuzigt. Er sah das Haupt Christi.

Ein Schuh traf mit voller Wucht die Wand neben Jimmys Bett: das Geräusch erfüllte Richard mit lähmendem Entsetzen. Dann erklang Hobes Stimme: »Na schön, wenn ich 'rauskriege, wer den geschmissen hat, dann kriegt der gottverdammte Scheißkerl aber 'ne Tracht von mir!«

»Halt doch endlich dein verdammtes Maul«, sagte eine tiefere kaltblütige Stimme am anderen Ende des Schlafsaals.

»Ja, Mensch, *halt endlich die Schnauze*«, sagte eine andere Stimme, und mehrere neutrale Stimmen fielen ein, »halt die Schnauze.«

In dem darauffolgenden störrischen Schweigen zogen sich Richard und Jimmy schnell an, während Hobe wartete. Die Schuhe in der Hand, stahlen sie sich barfuß und auf Zehenspitzen aus dem Saal und durch die Halle und an der eisernen Bettstelle vorbei, die für diese eine Nacht für Pater Whitman auf dem obersten Treppenabsatz aufgestellt worden war. Sie erkannten auf dem Bett schwach die Umrisse seiner Gestalt in der langen weißen Kutte, und sie spürten den von ihm ausgehenden Strom schweigender und drohender Macht, weil sie im Vorbeigehen nicht genau feststellen konnten, ob er schlief oder ob er sie bemerkt hatte; das Tikken seiner Blechuhr erfüllte das hölzerne Treppenhaus mit schamlos lautem Geräusch. Sie bemühten sich heftig, so aufzutreten, daß die Stufen nicht knarrten. Richard hatte immer noch dasselbe Gefühl im Magen wie damals, als er genau gewußt hatte, daß es unmöglich war, nicht zu kämpfen, obwohl er nicht so wütend oder verzweifelt gewesen war, daß es ihm egal gewesen wäre. Mit sehr großer Anstrengung gelang es ihm, sich im Geiste wieder das dornengekrönte Abbild des Herrn vorzustellen, aber jetzt war es nicht mehr so, wie er es im Gebet neben seinem Bett gesehen hatte, sondern es unterschied sich nur sehr wenig von einem Heiligenbild, das er kannte: die Augen waren darauf in einer Art aufgeschlagen, die irgendwie affektiert wirkte, und da ihm kalt und übel war, bedeutete ihm das Bild nur wenig. Erst als sie zur Hinterpforte kamen und in die frische Nachtluft hinaustraten, waren sie wieder erleichtert.

»So ein gottverfluchter Scheißkerl«, sagte Hobe.

»Wenn der Mistschuh bis zum Morgen nich verschwunden is, dann können 'n paar Mistbengels aber was erleben.«

»Ach, nu hör schon auf, Hobie«, sagte Jimmy. »Ausgerechnet jetzt brauchste doch nich so zu reden.«

»Is *mir* doch schietegal«, sagte Hobe. »*Ich* war ja noch nich zur Beichte.« Aber er ging doch weiter die Treppe hinunter, ohne noch etwas zu sagen.

»Was war 'n los?« fragte Richard.

»Och, ich hab bloß versucht, Jimmy 'n bißchen munter zu machen«, sagte Hobe. »Herrgott im Himmel, kann man denn nich mal jemand aufwecken in dieser Bruchbude von Schule –.«

Richard folgte ihnen die Stufen hinab. Er war froh, daß er gelernt hatte, auf jedes Wort der Erwiderung zu verzichten. Wenn Jimmy zu Hobie sagte, er solle endlich den Mund halten und aufhören zu fluchen, dann ließ es sich Hobie gefallen; die beiden waren dicke Freunde; aber *er* war allmählich klug genug geworden, daß *er* den Mund hielt. Trotzdem war ihm nicht ganz wohl, weil er froh war, daß er nicht geflucht hatte. Das war genauso, wie wenn man dankbar war, daß man nicht so war wie andere, und das war eine der schlimmsten Sünden; Pharisäertum. Er hatte ganz vergessen, daß er seine Schuhe in der Hand trug, und als er jetzt unerwarteterweise, zum ersten Mal in diesem Jahr, den Erdboden unter seinen nackten Fußsohlen spürte, war ihm, als ob er mit der Hand in einem dunklen Schrank mit Kleidern umhertastete und plötzlich lebendiges Fleisch berührte. Obwohl der Boden auf dem Schulhof mit staubigem Kies bedeckt war, empfand er seine Lebendigkeit so stark, daß ihm fast die Tränen kamen und er die Augen voll Verwunderung zur Nacht erhob. Der Mond schien nicht, und die wenigen Sterne, die am Himmel standen, verblaßten vor dem lächelnden, weltumspannenden milchigen Schweigen, es war kein Nebel, nicht einmal die leiseste Andeutung von Dunst, sondern es war, als wären die ganze Luft und der Himmel ein einziger milder, überirdischer Atemhauch. Unten in der Kapelle glommen schwach in dunklem Orangerot eine Reihe kleiner Fenster auf; er folgte seinen Gefährten und sah, daß auch sie ihre Schuhe in der Hand trugen. Als sie den Rasen hinter ihrem Haus erreichten, verließen sie den Kiesboden; die Erde mit ihrem spärlichen jungen Gras fühlte sich wie ein Fisch an. Eine dicke Eiche stand fast genau in der Mitte des Rasens, und Hobe und Jimmy bewarfen sie im Vorübergehen mehrere Male zielsicher mit Kies. Richard war gar nicht auf den Gedanken gekommen, Kieselsteine aufzuheben, und jetzt war er froh darüber, denn er war überzeugt, daß er die Eiche mindestens ebensooft verfehlt wie getroffen hätte.

# 2

Die Nacht roch wie frische Milch; die Luft, die ihnen entgegenschlug, als sie die Seitentür der Kapelle öffneten, war gestockt und dumpfig wie die Luft in einer unterirdischen Höhle. Ohne es zu merken, zögerten sie, gebändigt durch die abgestandene Dunkelheit mit ihrem Geruch nach gewachstem Tannenholz und Weihrauch. Gegenüber auf der anderen Seite des unbeleuchteten Kirchenschiffs hob sich das offene Tor der Marienkapelle ab, erfüllt von zitterndem Licht; aber durch die Tür zur Sakristei links neben ihnen drang ein freundlicheres und weltlicheres Licht, ein köstlicher Geruch und die müde leiernde Stimme, die ihnen so tiefen Eindruck machte. Als George Fitzgerald sie entdeckte und sah, daß sie zögernd neben der Tür stehenblieben, sprach er sie so ungewohnt höflich und freundlich an, als läge in dem Raum hinter ihm ein Verstorbener, und sie traten scheu und schweigend ein. Der lauten, eiligen kleinen Uhr nach zu urteilen, war es immer noch erst vier Minuten vor vier. Sie hockten sich auf die nackten Fersen, lehnten sich an die Wand und sahen sich um, und ihre sechs Augen leuchteten eindringlich in der schlaflosen Nacht. Die Innenwand dieses langen Korridors war dicht mit Talaren behängt, und zwar mit Talaren in allen Längen, angefangen bei der Größe, die für den traurigen jungen Riesen ausreichte, den sie alle den Sarghändler nannten, bis zu der winzigen Baby-Größe von Dillon Price. Zuerst fragte sich Richard, wo denn die dazugehörigen Chorhemden sein mochten; in der Wäscherei, für Ostern, fiel ihm dann ein. Der Raum war von Kerzenstummeln so schwach erleuchtet, daß es hinten in der Ecke kaum möglich war, die roten Talare von den schwarzen zu unterscheiden. In der Nähe des Lichtscheins saß Willard

Rivenburg auf einem Liegestuhl, der bei jeder Bewegung gefährlich splitternd knackte. Willards Kinn und Schultern hingen noch tiefer herab als gewöhnlich, weil er so tief saß und weil er so müde war. Er redete vor sich hin, ziellos, ruhig, fast wie im Schlaf; und Richard merkte, daß George und Lee Allen ihm nur so oft antworteten, wie es die Höflichkeit erforderte, und sich keinen Augenblick von ihrer Arbeit ablenken ließen. Sie waren beide Präfekten; überdies aber hielten einige der älteren Leute sie für die einzigen unter all den Jungen, die möglicherweise berufen waren. Sie standen jetzt im letzten Schuljahr, und es war allgemein bekannt, daß beide eifrig darum beteten, Gott möge diese ihre Berufung klar äußern, bevor sie ihr Abschlußexamen machten. Heute nacht hatten sie das Vorrecht, die Kerzen zu beschneiden und auszuwechseln und die verwelkten Blumen fortzunehmen und durch frische zu ersetzen; und nun standen sie, weißgegürtet und ganz unpassenderweise in roten Talaren, müde neben einem Suppenteller und gaben kurze, ernsthafte Antworten, und ihre Augen glänzten, weil es so spät war, und waren mit der gründlichen Aufmerksamkeit großer Wissenschaftler auf ihre Arbeit gerichtet; sie drehten Kerzenstummel zwischen Daumen und Zeigefinger dicht über einer Flamme und beobachteten, wie das geschmolzene Wachs herabtropfte und sich mit dem schon recht beträchtlichen Kegel aus Wachs und Talg vereinte, der sich unter ihrer Aufsicht auf dem Suppenteller gebildet hatte. Die glänzende Schmelzmasse tropfte rundherum, unregelmäßig und schnell erstarrend; sowie sich irgendwo eine Zacke bildete, glätteten sie sie behutsam mit den Fingerspitzen. Dem Gipfel dieses Kegels entsprangen drei lange feurige Dochte.

Weil sie die ganze Nacht aufbleiben sollten, waren die beiden vom Fasten entbunden worden und hatten sich mit Vorräten versorgt, falls sie Hunger bekommen sollten. Aber keiner von beiden hatte bisher etwas gegessen oder getrunken, und keiner von ihnen hatte es auch im geheimen vor, es sei denn, er würde zu schwach oder schläfrig, um seinen Teil der Arbeit ordentlich zu verrichten, was aber sehr unwahrscheinlich war. Ihr Kaffee sprudelte beim Einschenken nur deshalb so geräuschvoll über den Rand der Thermosflasche, weil dadurch das Gefühl, bevorzugt und erwachsen zu sein, gesteigert wurde; Willard allerdings trank etwas, während er redete. Richard überlegte sich, daß Mitternacht, wenn das Fasten begann, doch schon lange vorbei war. Willard hatte außerdem eine Schachtel Fig Newtons praktisch leer gemacht.

Der Kaffee war so stark, daß er die Wände der Tasse purpurn färbte, und roch fast so beneidenswert männlich wie klarer Schnaps. Die drei jüngeren Knaben verhielten sich respektvoll ruhig und sahen eifrig und schläfrig zu. Sie beobachteten die gezüngelten purpurnen Ringe in der geneigten Tasse, das lebendige schimmernde Wachs und den seidigen Glanz an den Stellen, wo es langsamer getropft hatte und geglättet worden war, die starke, freie, rauchende Flamme und die hypnotisierten Gesichter, die sich darüber beugten, und dann wieder das zügellose, primitive Profil und die peitschenartig geschwungene blauschwarze Wange des großen Athleten Willard Rivenburg, den sie noch nie in solcher Intimität zu sehen bekommen hatten. Niemand wußte ganz genau, wie alt Willard eigentlich war, aber er sah so aus, wie viele Männer erst um dreißig herum aussehen können, und auch dann nur, wenn sie einen Krieg hinter sich haben oder Jahre voll härtester Arbeit. Richard versuchte sich vorzustellen, warum Willard heute nacht wohl hier war. Sicherlich nicht aus religiösen Gründen: Willard war zwar gefirmt und ging zur Beichte und zur Kommunion, aber offensichtlich nur, weil es nun einmal dazugehörte; wenn er an der Reihe war, bei der Messe zu dienen oder das Weihrauchfaß zu schwingen oder das Kruzifix zu tragen, dann benahm er sich zwar nie ausgesprochen unehrerbietig, aber er sah immer so aus, als ob er heimlich dabei Tabak kaute; irgendwie wirkte er genauso merkwürdig und fehl am Platze, wie wenn man ein Pferd in einen Chorrock und ein Chorhemd gesteckt hätte und diese Dinge verrichten ließe. Er bekreuzigte sich nicht einmal, wenn es bei einem Spiel besonders brenzlig für ihn stand, wie es doch verschiedene andere machten. Nein, er war bestimmt nicht hier, weil er fromm war. Vielleicht war er hier, weil sich in dieser Schule alles nur um diese Dinge drehte und jeder nur an sie dachte; eine Art von Schatten und Stille lag in der Karwoche über allem, und es war möglich, daß Willard das spürte und sich dabei nicht sehr wohl fühlte. Aber hauptsächlich war es wohl nur so, daß er viel zu erwachsen war, um alle die albernen Vorschriften und die langweiligen Stunden und das gute Benehmen, die zu einem Leben in der Schule gehörten, aushalten zu können; er mußte es ja noch viel mehr begrüßen als die kleineren Jungen, wenn er eine Möglichkeit erhaschen konnte, aus dieser Routine auszubrechen, vor allem eine Möglichkeit, die es ihm erlaubte, so lange über die übliche Zeit hinaus aufzubleiben. Und doch, überlegte Richard, brauchte Willard furchtbar viel Schlaf und sorgte auch dafür, daß er diesen Schlaf bekam, denn in langweiligeren Unterrichtsstunden und überhaupt immer, wenn er stillsitzen mußte, außer zum Essen, schlief er so leicht ein wie ein Farbiger oder ein Hund. Aber vielleicht war eben dieser viele Schlaf daran schuld, daß er jetzt wach bleiben konnte, obwohl er ehrlich gesagt nicht mehr als halbwach war, nicht im entferntesten so wach wie

Richard. Aber er war ja wahrscheinlich auch schon die ganze Nacht auf und wahrscheinlich auch nicht zum erstenmal in seinem Leben.

Irgendwie, ohne daß er weiter darüber nachdachte oder es zu verstehen versuchte, empfand Richard, während er ihn beobachtete, ein warmes, überströmendes, tröstliches Gefühl des Stolzes auf ihn, genauso, wenn auch viel unaufdringlicher und sogar glücklicher, wie wenn er seine ans Wunderbare grenzende Geschicklichkeit beim Sport beobachtete; und er begann es als große Ehre und als besondere Auszeichnung zu empfinden, daß er diese überraschende Gelegenheit bekommen hatte, ihm so nahe zu sein und ihn so genau beobachten zu können, ihn endlich einmal wirklich zu sehen. Denn normalerweise trieb Willard, wenn er nicht gerade spielte oder Sport trieb oder schlief oder aß, mit irgend jemand Unsinn, rücksichtslos laut und verrückt, und es war zwar ein Vergnügen, dabei zuzusehen, weil es bei allem, was Willard tat, ein Vergnügen war, zuzusehen, aber es war unmöglich festzustellen, was für ein Mensch dahintersteckte; jetzt aber trieb er keineswegs Unsinn, sondern er sprach ruhig und stetig, wie ein erwachsener Mann inmitten anderer, die er ebenfalls als erwachsene Männer behandelte. Er erzählte gerade die Geschichte von seinem Großvater zu Ende, der aus der Schweiz herübergekommen war und sich irgendwo im Gebirge niedergelassen hatte, und der sich nie die Mühe gemacht hatte, richtig Englisch zu lernen; und er sagte die paar deutschen Wörter und Ausdrücke her, die er selbst kannte, und Richard war tief beeindruckt, als er feststellte, daß Willard, der auf ihn immer den Eindruck gemacht hatte, als wisse er so wenig, wie man überhaupt nur wissen kann, außer natürlich beim Sport und beim Baseball, wo er ein genialer Mannschaftskapitän war, und in allen Männerangelegenheiten, in denen er mächtig erfahren war, daß Willard sich tatsächlich in einer fremden Sprache auskannte. Er selbst hatte sich immer reichlich selbstgefällig etwas darauf eingebildet, daß er mit Pater Fishs Hilfe ein paar hundert Wörter Französisch gelernt hatte, aber jetzt schämte er sich und beschloß, Deutsch zu lernen, das ihm eine viel männlichere Sprache zu sein schien.

Er betrachtete mit scheuem und ganz besonderem Interesse den Höcker zwischen Willards breiten Schultern, über den er sich oft Gedanken gemacht hatte, den er aber noch nie so genau zu betrachten Gelegenheit gehabt hatte. Es war fast, als hätte Willard einen leichten Buckel, weil er den Kopf immer so tief gesenkt hielt und die Schultern so hängen ließ, so daß der Höcker direkt unterhalb des Nackens hervortrat; aber wenn er verkrüppelt gewesen wäre, hätte er nie eine derartige Geschicklichkeit und Kraft entwickeln können. Richard erkannte, daß es ein sehr kräftig entwickelter Muskel sein mußte; jetzt befühlte er die Stelle an seinem eigenen Körper, und da war nicht einmal der Ansatz eines Muskels zu entdecken; nur Knochen. Konnte es ein Knochen sein? Aber das wäre ja eine Mißbildung; und bei Willard war es mehr als alles andere eben dieser Höcker, der ihn vor den anderen Jungen auszeichnete und ein Symbol für seine fast übermenschlichen Kräfte war. Jedesmal, wenn Richard eine beachtenswerte körperliche Leistung vollbracht hatte, lief er mit gesenktem Kopf und offenem Mund umher und machte den Rücken krumm; er merkte es selbst kaum mehr; und genauso reagierten viele andere Jungen in dieser Schule, obwohl es ihnen im allgemeinen gar nicht bewußt war. »He, ihr da«, sagte Lee, und sie sahen ihn erschrocken an: eine Minute nach vier. Richard krampfte sich zusammen vor Scham: könnt ihr nicht einmal eine Stunde lang mit mir wachen? Außerdem hielten sie andere über Gebühr lange fest. *»Herr Jesus!«* sagte Hobe Gillum, und sie standen schnell auf. Die beiden Jungen in den Chorröcken duckten sich entsetzt, als sie den Namen des Herrn hörten, und Willards düsteres Gesicht erhellte sich und verzog sich, wie üblich, zu einem meckernden, satanischen Gelächter. Lee Allen sagte ungewohnt freundlich und ernst: »Ich würde sehr ungern jemand melden müssen, weil er in der Kirche geflucht hat, noch dazu am Karfreitag.« Hobes Augen wanderten wie Indianeraugen hin und her, schauten stolz auf Willard und verteidigend auf Lee. »Ach, nu laß schon, Lee«, sagte George Fitzgerald, »er hat nich dran gedacht.« »Ich möchte dich ja nich melden, ich möchte überhaupt niemand melden«, sagte Lee. »Aber achte mal 'n bißchen auf deine Zunge, Hobie.« »Er hat's ja nich böse gemeint«, sagte Richard; und noch bevor die anderen ihn schweigend ansahen, war ihm ganz elend. »Zieht mal lieber eure Schuhe an, Kinder«, sagte George, und erleichtert beugte Richard sein heißes Gesicht über seine Schnürbänder. Er war überzeugt, daß sie ihn verachteten, und er verachtete sich selbst. Willard hielt mehr von Hobe, weil er geflucht hatte, als von ihm, weil er für Hobe eingetreten war, und ihm selbst ging es genauso. Lee ging auf Hobie los, weil er sich über Willards Gegacker ärgerte, und weil er nicht auf Willard losgehen konnte. Richard wußte genau, wenn nicht Karfreitag gewesen wäre und er an einem anderen Tag so geredet hätte, dann hätte bestimmt irgend jemand ganz kühl gesagt: »Nanu, wer hat denn da was zu quasseln!« Halt deinen Mund, flüsterte er sich innerlich eindringlich zu. Halt doch bloß deinen dämlichen Mund. Und als sie den Raum verließen, versuchte er, das Gefühl erlittenen Unrechts, der Selbstbemitleidung und des Kummers zu ersticken, indem er sich schnell und verstohlen bekreuzigte. Ausgerechnet jetzt mußt du dich über dich selbst aufregen, beschimpfte er sich.

Das Kirchenschiff antwortete auf ihre furchtsamen Geräusche mit der drohenden Resonanz einer Trommel. Nicht einmal die Lampen am Hochaltar waren angezündet, aber die Nacht vor den Fenstern ließ die Heiligenfiguren und die Bilder und das Kruzifix, das nicht mehr mit purpurnen Schleiern verhängt, sondern in Schwarz erstickt war, und den nackten, ausgeplünderten Hochaltar schwach erkennen. Das Tabernakel gähnte leer wie die Kinnbacken eines Totenschädels. Infolge dieser rücksichtslosen Plünderung und Ausrottung war nur noch das Skelett der Kirche übriggeblieben; sie wirkte durch die Entehrung besonders geheiligt und gleichzeitig so brutal weltlich wie ein Güterwagen. Das Kirchenschiff ohne die gewohnte Kniebeuge zu durchqueren, kam einem genauso beängstigend vor, wie wenn man eine plötzliche unvorstellbare Tiefe zu durchschwimmen hätte; und als Richard sich umdrehte und sich vor dem Zentrum der Verwüstung verbeugte, erkannte er: es ist nichts da. Überhaupt nichts; und mit dem Atemhauch der Finsternis auf der Seele mußte er an die Worte denken: Und der Vorhang im Tempel riß mitten entzwei. Aber in Frieden und siegreich, die Anbetung aller vergangenen und atmenden und noch unerschaffenen Geschöpfe entgegennehmend, inthronisiert und in einen Schrein eingeschlossen, von einem Strahlenkranz unaufhörlichen Lichts und außerdem von den Gestirnen aller Felder des Frühlings umgeben, ins Exil geschickt und dennoch anwesend, weilt hier diese ganze Nacht hindurch die Seele und die Substanz des immerwährenden Gottes, der jetzt, in diesen nächsten paar Stunden, wieder auf Seinen Hochaltar zurückgebracht und dort von der Finsternis verschlungen werden wird; und Seine ganze

Kirche entheiligt und ungetröstet zurückläßt bis zur Stunde Seiner glorreichen Wiederauferstehung von den Toten. In ihren weißen Schleier eingebunden, erstickt, ein riesiger verhüllter Kopf, eine dünn umwölkte Sonne, stand die Monstranz oben auf dem Tabernakel und durchbrach in ihrem Zentrum ein dichtes Gewebe aus Blumen und Licht: Tausende von Kerzen, wie es schien, speerhohe und einfach nur große Kerzen, und kurze und tropfende, jede eine immerwährende aufrechte, feurige, durchdringende Nadelspitze; und frisch und ermüdend, welkend, sterbend, die frugale Ernte der Morgendämmerung des Jahres: aus schwachen Obstgärten die letzten Apfelblüten, die immer noch zärtlich ihren langsam ausgetragenen Schneesturm versprühten; Zweige mildgestirnten Hartriegels und der haarigen wilden Azalee, rosa und weiß, aus den grauen bemoosten Wäldern, und kleine Fäuste voll der atemlosen Veilchen, die den Boden des Winters durchbrechen, sogar die seltenen Hagedornblüten, das Zwillingsblatt, das nur einen einzigen Tag lang blüht; und von den ersten fröstelnden Gartenblumen Unmengen von kalten Narzissen, grünlich vor Kälte oder buttergelb oder flammend golden, und klare weiße Narzissen, die sich ausreckten, verbeugten, starrten und dahinschwanden in Vasen und Krügen aus Metall und Glas und Ton und in Trinkgläsern und Marmeladengläsern und in kleinen und großen Blechbüchsen; und sie alle legten in ihrer Art und mit ihrem Erdulden Zeugnis ab vor Gott, solange sie es vermochten. Nur wenige dieser frühen Blumen duften stark, wenn sie überhaupt duften, aber die Hitze und die Helligkeit und der Geruch, den das brennende Wachs und der Talg und die Hitze in dem geschlossenen Raum erzeugten, eine einzige Wand aus schwindelerregendem Flimmern, waren so stark, daß es zuerst fast so schwerfiel, die schwerbeladene

Luft zu atmen, als wenn man Wasser atmen sollte, und diese Luft wurde noch viel schwerer durch die Andacht jener, die versunken in dem zitternden Licht knieten; und im Augenblick, in dem er in dieses heiße und duftende Gold eintrat, sich auf ein Knie niederließ und auf das blinde Rund der Monstranz und die tausendspitzigen Blüten von Feuer und Blumen blickte, wurde sein Herz erhoben und von nebelhafter Scheu erfüllt, während die Worte in seinem Innern aufbrachen und sich übereinandertürmten, Gott: Tod; so daß beide eins waren. Tod: tot, das Wort gewann die Überhand; und so lebendig wie vor sechs Jahren sah er den Kopf seines Vaters auf dem Fußboden vor sich, so still, daß jede andere Stille davor verblaßte, und allen Anstrengungen, sie zu verbergen, zum Trotz die tödliche blaue Wunde an dem ungeduldigen Kinn. Und sofort fiel ihm der Augenblick wieder ein, in dem er zum erstenmal überzeugt gewesen war, daß sein Vater tot war, weil es so überzeugend, so in alle Ewigkeit überzeugend gewirkt hatte, als er sah, daß sein Vater die ganze erste Minute lang, die er ihn ansah, weder sich bewegte noch sprach, und wie die kraftvolle rechte Hand halb geöffnet genau im Mittelpunkt seines Körpers lag; der Stoff seines Anzugs wurde durch keinen Atemzug bewegt, und es war, als ob die Hand nur eine unheimlich gut gelungene Imitation einer Hand wäre, eine Hand aus Wachs; und als er jetzt wieder auf den Kopf blickte, sah er Lippen und ein Gesicht aus Wachs, eine Wunde aus Wachs, einen Kopf aus Wachs, ungeheuer groß auf dieser ganzen schweren, wächsernen Luft. Tot, das Wort tauchte wieder auf, und er schloß die Augen und betete schnell für seinen Vater das Gebet seiner Kindheit: Lieber Gott, segne Daddy und halte ihn fest in Deinem Schutz und das ewige Licht leuchte ihm. Amen. Und ganz nebenbei, wie aus Vergeßlichkeit, verschwanden

Bild und Erinnerung wie eine Forelle im Schatten. Heute ist der Todestag Unseres Herrn, sagte er sich, aber in diesem Augenblick konnte er überhaupt kein Gesicht sehen, weder das seines Vaters noch das seines Gottes; nur die Worte kehrten zurück, Gott: Tod.

Zuerst waren keine Betpulte frei, und sie knieten gleich hinter der Tür, durch die sie eingetreten waren, nieder und fühlten den gewachsten Boden brutal an ihren Knochen. Im Namen des Vaters und des Sohnes und des Heiligen Geistes, flüsterte Richard hastig vor sich hin, indem er die Lippen bewegte und die Augen wieder schloß. Er bekreuzigte sich sorgfältig. Geräusche erklangen, einige standen auf und gingen, und durch die Wimpern sah er, wie Knox Peyton seine Kniebeuge vollendete und ungeschickt zwischen ihn und Jimmy trat, wobei er den Vorwurf und Ärger auf seinem Gesicht zu unterdrücken suchte. Sie blieben knien, wo sie waren, alle sehr wohlerzogen angesichts des einen frei gewordenen Pults, und Richard hörte mehrere Male ein geflüstertes »Nu mach schon«, bevor ihm klar wurde, daß es ihm galt. Zwei Beter schauten sich unbehaglich um, schlossen die Augen, senkten entschlossen das Kinn und versuchten mühsam weiterzubeten. »Ich denk ja nich dran«, dachte Richard und ertappte sich im selben Moment bei seiner Unaufmerksamkeit, er kniff die Augen fest zu und senkte verzweifelt den Kopf. »Nu *mach* schon«, hörte er. Er beschloß, es sich als Buße aufzuerlegen. Er versuchte, weder demütig noch stolz zu sein oder auch nur so auszusehen, bekreuzigte sich, stand auf, beugte das Knie, ging auf Zehenspitzen zu dem freien Pult, beugte wieder das Knie, kniete an dem Pult nieder und bekreuzigte sich. Mr. Bradford schloß die Augen, runzelte die Stirn und senkte den Kopf. Endspurt, sagte

Richard zu sich und bat sofort um Vergebung für eine Ungebührlichkeit, die er nicht beabsichtigt, sondern ganz unwillkürlich begangen hatte. Aber war es nicht eigentlich noch viel schlimmer, so wenig daran zu denken, wo man sich befand, daß ein derartiger Gedanke unwillkürlich auftauchen konnte? Mr. Bradford beendete seine Gebete und ging auf Zehenspitzen mit niedergeschlagenen Augen zur Tür. Seine Bemühungen, sich nicht aus seiner Andacht reißen zu lassen, hatten einen allzu spürbaren Erfolg; Richard hörte, wie er mit einem der beiden Jungen zusammenstieß, wie er eine vorwurfsvolle Entschuldigung flüsterte, und wie sie mit unterdrückter Stimme eine hilflose Antwort gaben. Die Gemeindehelferin, Miß Spenser, am Pult ihm gegenüber, preßte die Lippen zusammen, bekreuzigte sich, stand auf, beugte das Knie und ging nach hinten; er hörte die scharfe Rüge, die sie durch ihre falschen Zähne zischte. Er schaute angestrengt auf seine gefalteten Hände, aber er hörte, wie der Ausgang scharrend frei gemacht wurde, und sah aus den Augenwinkeln, wie Jimmy herankam und sich schnell an dem eben frei gewordenen Pult niederließ, und wie die Gemeindehelferin mit hochrotem Nacken und zu einem schmalen Strich zusammengepreßtem Mund zu ihrem Pult zurückkehrte, niederkniete, sich bekreuzigte und das Gesicht in den Händen barg. Hinter sich hörte er jemand aufstehen, hörte, wie ein Knie den Boden berührte, und obwohl er wußte, daß er es eigentlich nicht durfte, schaute er sich um; es war Schweinsauge Kelsey, einer der kleineren Jungen aus seinem Schlafsaal; schon stand Hobe bereit, seinen Platz einzunehmen. Nicht Schweinsauge, verbesserte er sich; er kann ja nichts dafür: Jeff.

Paß auf, wies er sich zurecht. Kümmere dich um deine eigenen Angelegenheiten.

Er schaute auf die verhüllte Monstranz; die hellsten Fäden des Schleiers funkelten wie Glimmer, Goldweiß auf Silberweiß, und an einer Stelle war es, als ob ein harter metallischer Strahl den Stoff geradezu durchbohre. Eine einzelne Azaleenblüte neigte sich ihr entgegen, als strebe sie mit aller Kraft danach, ihr nahe zu sein. Winzige Fäden entsprangen dem schwellenden Blütenkelch, ähnlich den dünnen, geraden Linien, die in einer Witzzeichnung die Musik andeuten sollen, die aus einem Horn kommt. Eine Apfelblüte fiel herab. Richard schaute auf die müden, schlaflosen Kerzenflammen und hatte dabei das Gefühl, daß er fast hören konnte, wie sie brannten.

Seele Christi, heilige mich, betete er schweigend; Leib Christi, rette mich; aber er sprach die Worte ganz mechanisch und viel zu schnell. Langsam fing er noch einmal von vorn an, wobei er jetzt sorgfältig jedes Wort bedachte.

Seele Christi, heilige mich: mach mich heilig: sprich mich frei von der Sünde:

Leib Christi, rette mich: rette mich: Dein Leib, der bereits begonnen hat, zu leiden und zu sterben.

Er strengte seinen Geist an.

Blut Christi, berausche mich:

Obwohl er sich soviel Mühe gab, konnte er es nicht verhindern. Berauscht bedeutete nichts weiter als betrunken, ein Berauschter war ein Betrunkener, ein Säufer, und so, wie es hier gebraucht wurde, bedeutete es, betrunken machen, berauscht machen. Und Berauschtheit bedeutet Trunkenheit, Betrunkensein. Er hatte das Wort lange Zeit sehr gern gehabt, als er noch nicht wußte, was es eigentlich bedeutete – es konnte selbstverständlich nichts weiter als die Wirkung bedeuten, die man ganz natürlicherweise vom Blut Christi erwartete: aber was für eine Wirkung war das, die noch dazu so hübsch klang wie Berauschen? Im vergangenen Winter war er auf den Gedanken gekommen, das Wort im Lexikon nachzuschlagen. Seitdem war die genaue und verwirrende Bedeutung unauslöschlich geblieben und jener Teil des Gebets hatte sich in dünnes Eis verwandelt. Er konnte die Stelle nur ohne ehrfurchtslose oder skeptische Gedanken hinter sich bringen, wenn er sie so schnell und oberflächlich aufsagte, daß es unmöglich war, sich ihre Bedeutung klarzumachen, und das war keine Art zu beten. Er hatte Pater Fish danach gefragt, und Pater Fish hatte ihm gezeigt, daß es möglich war, über den Ausdruck zu lächeln, ohne dabei unehrerbietig zu sein. Er hatte ihm gesagt, daß einige dieser sehr alten Gebete die Dinge oft recht drastisch ausdrückten und daß man diese Stellen nicht unbedingt wörtlich nehmen müsse. Obwohl er es unmöglich genau feststellen konnte, hatte Richard doch das Gefühl, daß Pater Fish über ihn genauso lächelte wie über das Wort; wieder einmal fragte er sich, warum wohl, und zwang sich dann, diese Frage beiseite zu schieben, weil jetzt nicht die geeignete Zeit dazu war. Nimm es nicht wörtlich, befahl er sich fest; aber die Worte blieben wörtlich stehen und waren nur noch hartnäckiger: berauscht machen. Betrunken machen. Der gute alte Whisky, hörte er plötzlich im Geiste, und ihm fiel ein, wie die Jungen, die ein wenig weltlicher waren als er, den Flaschenhals tief in den Mund schoben, wenn sie in Knoxville Sprudel tranken, und die Flasche zum Trinken senkrecht in die Höhe hielten, dann atemlos absetzten, sich auf den Bauch klopften oder ihn mit kreisenden Händen rieben und keuchten: »Ach, der gute alte Whisky!« Aber hier ging es nicht einmal um Whisky. Sondern um Blut. Um Jesu Blut noch dazu. Sein Onkel hatte einmal höhnisch geäußert: »Das ist ja der reinste Blutpudding.« Wobei er die erste Silbe von »Pudding«

wütend hatte explodieren lassen, und Richard war schockiert und gleichzeitig amüsiert gewesen, und es schockierte ihn, daß er sich jetzt voll Vergnügen daran erinnerte. Vergib uns unsere Sünden, flüsterte er, die Augen fest geschlossen. Es war nur ein Kirchenlied, und deshalb war es nicht so schlimm wie bei anderen Dingen, wenn man Witze darüber machte. Aber das Blut »entsprang Emanuels Adern«, das machte es wieder ziemlich abscheulich. Und sein Onkel hatte es mit einer Art von Haß ausgesprochen, der sich gegen mehr richtete als nur gegen das Kirchenlied: gegen die ganze Religion und gegen jeden, der religiös war, sogar gegen seine eigene Schwester, Richards Mutter, und gegen seine Tante Patty und gegen ihn, Richard, und seine Schwester. Vergib uns unsere Schuld, wie auch wir vergeben unseren Schuldigern, betete er und verbannte die Angelegenheit aus seinen Gedanken. Er liebt uns trotzdem, überlegte er, genauso, wie uns Grandpa liebt. Sie mögen nur eben die Kirche nicht.

Leiden Chri –

Wasser aus der Seite Christi, wasche mich; und er spürte, daß seine Gedanken eine Wäsche bitter nötig hatten:

Leiden Christi, stärke mich:

In Deinen Wunden verbirg mich, dachte er schnell und mit großem Unbehagen, sich an den Teppich aus Laub klammernd, als ob er sich vor einem Raubvogel verkriechen wollte; aber so sehr er sich auch anstrengte, die Vorstellung überfiel ihn und ließ ihn nicht los. Ein älterer Junge, der einzige, von dem Richard wußte, daß er auch gern las, hatte ihm voller Wonne und sehr intellektuell erklärt, was in Shakespeares *Venus und Adonis* mit den Worten *Er sah mehr Wunden als eine* gemeint war, und das hatte sich in seiner Vorstellung sofort mit dem kurzen, ziemlich intimen Anblick verbunden, den er vor drei oder vier Jahren gehabt hatte, als er mit Minnielee Henley auf Bäumen rumgeklettert war; und jetzt bei diesen Worten *In Deinen Wunden verbirg mich* kämpfte die Erinnerung daran in seinem Geist mit der Vorstellung von den kleinen aber tödlichen Wunden im Leib Christi, in denen sich bestimmt kein Mensch verbergen konnte, nicht einmal in der Seitenwunde, die der Speer verursacht hatte. Auch in der nicht, sagte er sich beharrlich; auch nicht, wenn man berücksichtigte, daß Er ja kein Mensch war. Aber vor seinem geistigen Auge stand, verschlimmert durch all die abgeschmackten, weibischen, geziert lächelnden Gesichter Jesu, die er auf Bildern gesehen hatte, dieses entsetzliche Abbild einer riesigen aufgerissenen blutenden Furche in der am Boden hingestreckten Figur, der ein Ameisenschwarm von Frommen zustrebte, alle flehend und mit verdrehten Augen, und von Beladenen, die sich schüchtern herbeistahlen, um sich zu versammeln und sich zu verlieren, sich zu ertränken und sich aufzulösen.

Es war der Teufel, das war alles. Es war eben der Teufel, der ihn in Versuchung führte.

O Jesus, erhöre mich, betete er voll tiefer Selbstverachtung beinahe laut; und erkannte voll Dankbarkeit, daß er endlich einmal imstande gewesen war, diese Worte, die ihm nun schon seit Monaten widerlich übertrieben und unaufrichtig vorgekommen waren, mit vollkommenem Verlangen und völlig aufrichtig auszusprechen. Man muß es nur wirklich meinen, dachte er, dann bedeuten sie auch etwas.

Gib nicht zu, daß ich von Dir getrennt werde (eine Todsünde ist eine Sünde, die uns von Gott scheidet): Vor dem Bösen Feind bewahre mich:

Diese abschließenden Zeilen zweifelte er nie an, und jetzt wiederholte er mit ehrerbietigem Nachdruck und Erleichterung:

Vor dem Bösen Feind bewahre mich:

In der Stunde meines Todes rufe mich zu Dir und laß mich zu Dir kommen:

Auf daß ich Dich mit Deinen Heiligen . . .

Nein, daran stimmte etwas ganz grundsätzlich nicht. Er betete voller Angst und Entschlossenheit: Auf daß ich Dich mit Deinen Heiligen lobpreise jetzt und in alle Ewigkeit. Amen.

Trotzdem war es falsch, wenn Menschen Heilige sein wollten und es so deutlich aussprachen. Oder auch nur *mit* den Heiligen zusammen sein wollten, wenn sie vielleicht nur das meinten. Das Höchste, worum jeder gute Katholik beten konnte, sollte doch wohl sein, daß es ihm durch Gottes Gnade gerade eben gelingen möge, der Verdammnis in den ewig währenden Flammen der Hölle zu entkommen; und jetzt fiel Richard noch ein anderes Gebet ein, bei dem er sich, wenn er bei der Messe diente, nun schon seit ziemlich langer Zeit angewöhnt hatte, Stillschweigen zu bewahren oder höchstens die Lippen zu bewegen und etwas Unverständliches zu murmeln und dabei die Finger gekreuzt zu halten: es handelte sich um die Stelle im Offenen Schuldbekenntnis, wo der reuige Sünder bei der Betrachtung seiner Missetaten ausruft: »Die Erinnerung daran ist uns schmerzlich, ihre Last ist unerträglich.« In der Regel war er imstande, »die Erinnerung daran ist uns schmerzlich« mit angemessener Aufrichtigkeit zu sagen; aber nur selten gelang es ihm, im entsprechenden Augenblick wirklich zu empfinden, daß »ihre Last unerträglich ist«. Sie war weit davon entfernt, unerträglich zu sein, und wenn es noch so sehr von ihm verlangt wurde. Zuerst hatte er die Stelle aussprechen können, weil er sich vergegenwärtigte, daß die Last unerträglich für seine Seele war, ob er sie nun im Augenblick mit Verstand und Gefühl als unerträglich empfand oder nicht, und daß Gebete mit der Seele und für die Seele gesprochen werden und nicht mit dem Verstand oder dem Gefühl; aber allmählich kam er zu der Überzeugung, daß er sich hierin irrte: ihm fiel nämlich auf, daß er nur dann wissen konnte, daß seine Seele, als Seele, existierte, wenn er etwas zutiefst mit dem Verstand oder dem Gefühl glaubte und empfand. Aber das ist nicht wahr, dachte er jetzt entsetzt. Ganz egal, was ich denke oder fühle, die Seele ist immer da und immer lebendig, es sei denn, ich habe sie getötet, weil ich eine Todsünde nicht bereue. Weil ich mein Herz gegen Gott verhärte. Ich versuche nur, es mir möglichst bequem zu machen, schalt er sich; ob es meiner Seele paßt, oder ob es Gott paßt, daran denke ich nicht.

Aber wie kann man etwas aussprechen, das man eigentlich ernst meinen müßte, wenn man es nun einmal nicht ernst meinen kann?

Erbarme Dich unser, Herr, erbarme Dich unser, betete er zu seiner Überraschung. Das waren die Worte, die im Confiteor auf »ihre Last ist unerträglich« folgten, und genau wie jetzt brachte er es auch sonst immer fertig, die Bedeutung dieser Worte wirklich zu empfinden, während er sie aussprach.

Aber nicht »Auf daß ich Dich mit Deinen Heiligen lobpreise«. Jetzt kam Richard der Gedanke, daß dieses Gebet vielleicht von einem Heiligen geschrieben worden war, oder von einem Menschen, der der Heiligkeit sehr nahe war, der imstande war, jedes noch so extreme Wort, das gesagt wurde, wirklich ernst zu meinen; und er wußte, daß jeder Mensch, der diese Dinge wirklich ernst meinen konnte, und zwar jedesmal, wenn er sie aussprach, demütigen Respekt verdiente. Aber dann war es eben ein Gebet, das nur für Heilige und für nahezu Heilige von Nutzen war, nicht aber für gewöhnliche Menschen, gleichgültig, wie gut sie zu sein hofften. Niemandem steht das Recht zu, auch nur zu hoffen, er könne ein Heiliger sein, sagte er sich.

Mein Gott, nein! rief er innerlich aus, denn plötzlich fiel ihm mit beschämender Deutlichkeit ein, daß er selbst eine Zeitlang, heimlicher noch als seiner sinnlichen Begierde, diesem zügellosen Ehrgeiz gefrönt hatte. Um Gottes willen! flüsterte es tief im Innern seiner Seele und er spürte, wie sein Nacken und seine Wangen heiß wurden; und mit kalter und erstaunter, mitleidvoller Verachtung für das Kind, das er vor so kurzer Zeit noch gewesen war, verlor er sich in nachdenklichen Erinnerungen, ohne zu merken, daß es zum erstenmal in seinem Leben geschah.

Es lag kaum länger als ein Jahr zurück, er war erst elf Jahre alt gewesen. Damals hatten sich ihm der Trost und Adel, die von dem Bildnis Jesu und der Bedeutung und Kraft der Sakramente und der Lehren der Kirche ausgingen, zum ersten Mal in ihrer vollen Würde eingeprägt. Diese Bedeutung und Kraft hatten sich für ihn in den Formeln der Sprache verkörpert und in der strengen Schönheit der Musik, die ihn rührte und befriedigte, wie es davor keiner anderen Musik gelungen war. Dieses hohe Erlebnis hatte die Wüste seiner Einsamkeit, es hatte das Leiden in einen blühenden Garten verwandelt, in ein Eden, in dem man schlendern und die Kühle des Abends genießen konnte. Es war ein geheimes Glück gewesen, bestraft zu werden, besonders, wenn die Strafe ungerecht oder übertrieben streng war; es war besser, von anderen ignoriert als von ihnen anerkannt zu werden; noch besser als ignoriert zu werden war es, gedemütigt zu werden. Er erinnerte sich jetzt, wie er an manchem Morgen, wenn er aufgewacht war und festgestellt hatte, daß sein Bett trocken war, ebensoviel Bedauern wie Erleichterung empfunden hatte. Er hatte angefangen, darauf zu achten, daß er nur an besonders auffälligen Orten las, an denen er damit rechnen konnte, gestört und verlacht zu werden. Er hatte vorgegeben, seine Aufgaben nicht zu können, obwohl er sie in Wirklichkeit gelernt hatte, damit auch die Lehrer, die etwas von ihm hielten oder doch dachten, »er ist wenigstens bei der Sache«, oder »er gibt sich jedenfalls Mühe«, schlecht von ihm denken sollten. Er hatte seine einsamen Wanderungen in den Wäldern fortgesetzt, bis ihm der Gedanke gekommen war, daß diese Ausflüge trotz aller Einsamkeit und Melancholie doch eher vergnüglich als unangenehm waren; von da an hatte er sich unter die andern gemischt, vor allem an den langweiligen Schlechtwetter-Nachmittagen, an denen selbst die verwegensten Jungen im Zimmer blieben und die störrischen, rachsüchtigen, gelangweilten Pöbelgefühle besonders düster und explosiv waren.

Die bleiernen Melodien der Kirchenlieder für die Fastenzeit hatten ihn angesprochen wie nie zuvor; Zeilen in bestimmten Liedern schienen in jener Zeit einzig und allein für ihn geschrieben zu sein. *Ich nehm mein Kreuz, Herr Jesus Christ,* sang er dann wohl und ahnte den Trost einsamer, vor der Öffentlichkeit verborgener Tränen voraus: *Und folge Dir, nur Dir allein; arm, verachtet und verlassen, Du sollst jetzt mein Alles sein.* Diese Worte bedeuteten ihm besonders viel. Während er sie sang, fühlte er: niemand sonst will mich haben, nicht einmal meine Mutter; und er bemühte sich redlich, es auch zu glauben. Er erinnerte sich jetzt, daß es ihn am meisten befriedigt hatte, wenn diese Lieder an kalten, regnerischen Abenden vor den Stationen des Kreuzwegs gesungen wurden. *Lösche jeden Ehrgeiz aus,* sang er großmütig (nein, ich werde *kein* Naturforscher; ich werde nie die Quellen des Amazonas erforschen; ich will nie in meinem Leben einen

Affen besitzen oder Juniorenmeister im Tennis werden); *den ich je gehegt, gekannt;* dann belohnten ihn Tränen, und es gelang ihm sogar, sie nicht zu zeigen; *doch wie reich bin ich zu nennen* (nie wieder zu Hause leben, nie mehr geliebt oder auch nur gern gesehen zu werden), *Gottes Himmel ist mein Land;* und er sah den gekrönten Gott und den Himmel in strahlendem Glanz und spürte demütig, daß der Himmel wirklich wörtlich genommen »sein Land« war. Bei der Erinnerung daran schüttelte er den Kopf, als ob er es fast nicht glauben könne, aber er wußte, daß es so gewesen war. Alles. Er hatte so ziemlich alles getan, was er sich nur vorstellen konnte. Er war selten in das Häuschen von Pater Fish gegangen, denn dort war er sicher, freundlich empfangen zu werden, und oft bekam er auch Kuchen und Kakao vorgesetzt, und er hatte festgestellt, daß diese Genüsse ihm in seiner Sehnsucht, um religiöser Vorteile willen zu leiden, am meisten bedeuteten, wenn er sie so selten befriedigte, daß sie selbst noch im Augenblick, in dem er sie genoß, die Trostlosigkeit des übrigen Lebens steigerten. Er nahm sich sogar vor, sein ständiges, fast unerträgliches Heimweh soweit wie nur irgend möglich zu steigern, indem er den aufsichtführenden Pater möglichst oft um Ausgeherlaubnis bat, nur damit ihm diese Erlaubnis möglichst kurz und ungeduldig oder, was das beste war, verächtlich verweigert wurde; indem er das Haus seiner Mutter, den einzigen Ort, den zu besuchen er fast nie die Erlaubnis bekam, stundenlang betrachtete; manchmal in einem Versteck unter tropfenden Bäumen, mit Behagen die Tatsache genießend, daß nur er allein wußte, wie unglücklich er bei dieser Wache war; manchmal ganz offen, gegen den Zaun gelehnt und hinwiederum die Tatsache genießend, daß sie es wußte und andere ihn sehen konnten, und daß sie, obwohl sie es wußte, doch versuchen würde, nicht darauf zu achten und sich nicht von ihm sehen zu lassen, und daß sie ihn, wenn sie ihn schließlich nicht länger übersehen konnte, mit dem Versuch, streng zu sein, verletzen würde, indem sie ihn wegschickte und sein Elend zur wahren Todesangst steigerte mit einer ihrer Ansicht nach vernünftigen Erklärung dafür, warum diese sinnlose Grausamkeit angebracht war. »Weil nämlich, mein Liebling, Mutter es für das beste hält, wenn du nicht zu sehr in ihrer Nähe bist, gerade weil du sie so sehr vermißt.« »Weil dein Vater – nicht bei uns sein kann.« »Weil Mutter meint, du mußt mit anderen Jungs zusammen sein, Richard. In der Obhut von Männern.« Und am allerschlimmsten: »Ich weiß, wie schwer es jetzt ist, aber ich weiß auch, wenn du älter bist, verstehst du, warum ich es getan habe, und bist mir dankbar.« *Dankbar!* höhnte sein Herz jetzt in bitterer Auflehnung. Und einen Augenblick lang, so kurz nur, daß die Erkenntnis sich sofort wieder verflüchtigte, empfand er Haß und Verachtung für seine Mutter, weil sie an Ergebung glaubte und ihm bei bestimmten, erbitternden Gelegenheiten erklärte, daß wir nur durch tapfere und freudige Ergebung in unsere Leiden erfahren können, was Gottes Wille ist und wie wir wahrhaft gut sein können. Gottes Wille, dachte er jetzt: bestimmt will er nicht ausgerechnet, daß die Menschen unglücklich sind! Wer will schon *gut* sein! Ich, gab er sich selbst zur Antwort. Aber nicht so. Ich war bestimmt verrückt damals, dachte er, erfreut, daß er jetzt imstande war, das einzusehen. Ich war einfach ein Idiot. Die ganze verrückte Geschichte hatte kurz nach Ostern angefangen abzuflauen, zugleich mit dem schönen Wetter, und war während der Sommerferien in Knoxville so vollständig verschwunden, daß er das Ganze bis eben jetzt völlig vergessen hatte: aber den ganzen trübseligen Winter hindurch und in verstärktem Maße während der Nieselregen-Jahreszeit der Buße hatte er, wie er jetzt mit ungläubiger und amüsierter Selbstverspottung erkannte, seine Erbärmlichkeit in jeder einzelnen ihrer traurigen Verästelungen wie ein alter Geizhals gehegt und von allen Seiten betrachtet, weil er sie für das Geheimnis, die Lösung, die er durch Gottes Gnade entdeckt hatte, für unerläßlich hielt; und er hatte es ganz leicht fertiggebracht, sich selbst den frommen Genuß zu verzeihen, den es ihm verschaffte, die Fastenregeln in aller Öffentlichkeit zu befolgen, weil er dafür andere, härtere Regeln ersann, die er sich insgeheim auferlegte. Seine Mutter hatte ihm unbehaglich anzudeuten versucht, daß sich in seine extreme Frömmigkeit eine gewisse Eitelkeit mischen könne – »natürlich nicht mit *Absicht*, Liebling« –, vor der er sich hüten müsse; aber in Erinnerung an die Rolle, die bestürzte Eltern und höhnische Dorfbewohner in der Kindheit so vieler Heiliger gespielt hatten, hatte er ihr freundlich und geduldig und mit Langmut, das war das richtige Wort, mit Langmut geantwortet, wie es sich für eine Begegnung zwischen Geschöpfen ziemte, die zwei so unüberbrückbar verschiedenen Welten angehörten. Er geriet bei mehr als einer Gelegenheit in Versuchung, ihr zu sagen: »Weib, was habe ich mit dir zu schaffen? Meine Stunde ist noch nicht gekommen«; aber er hatte befürchtet, daß es unverschämt oder absurd oder sogar blasphemisch wirken könnte. Er hatte auch nie laut gesagt, wenn die anderen ihn verspotteten oder quälten: »Vater, vergib ihnen, denn sie wissen nicht, was sie tun«; aber er hatte sich oft mit den lautlos ausgesprochenen Worten gestärkt; »Jesus aber schwieg.«

Nur ganz allmählich hatte sich bei ihm der Gedanke festgesetzt, daß er selbst nach wirklicher Heiligkeit streben könne; er hatte schnell eingesehen, daß er, wenn er dieses Ziel erreichen wollte, möglichst früh – vielleicht war es auch schon zu spät für ihn – damit anfangen mußte, eine lange, ununterbrochene Serie bemerkenswerter geistiger Heldentaten zu vollbringen, sowohl im geheimen, nur für das Auge Gottes bestimmt, als auch in aller Öffentlichkeit, damit die anderen ihn sahen und sich daran erbauten und daran erinnerten und ihn verehrten. Laß dein Licht leuchten unter den Menschen, auf daß sie deine guten Werke sehen und deinen Vater, der im Himmel ist, lobpreisen. Aber als er sich überlegte, was für Heldentaten er vollbringen könnte, hatte er erkannt, daß er dabei in Wirklichkeit Gefahr lief, die Sünde des Hochmuts zu begehen wie die Leute, die immer hungrig aussehen, wenn sie fasten; während doch seinen Ambitionen ein echtes religiöses Gefühl und nichts sonst zugrunde lag (oder zum mindesten sah es so aus). Diese Ambitionen hatten sich während der letzten Fastenwochen zu dem glühenden Wunsch gesteigert, ebensoviel für Jesus zu tun, wie Jesus für ihn und für alle Seelen tat. Er hatte es mit zusätzlichem Fasten versucht, aber dieses Experiment war kaum durchzuführen, denn es war praktisch unmöglich, sich bei den Mahlzeiten zu entschuldigen, ohne die Sünde des Lügens zu begehen, und es war fast ebenso schwierig, fand er, am Tisch zu sitzen und nichts zu essen, oder doch nur so wenig zu essen, daß das Fasten etwas Sinn und Würde bekam. Also hatte er statt dessen die Kasteiung gewählt. Er war in den Wald gegangen und hatte Würmer gegessen, aber er hatte sich entsetzlich davor geekelt, und noch mehr hatte er sich geekelt, als er bei einer bestimmten Gelegenheit einmal beinahe seine eigenen Exkremente gegessen hätte. Plötzlich war es ihm doch sehr zweifelhaft erschienen, daß Jesus tatsächlich so etwas getan haben sollte, und er hatte den Zweig weit weg ins Gebüsch geschleudert und den Kot sorgfältig vergraben. Versuche, sich selbst zu geißeln, waren zwar einigermaßen schmerzhaft, aber doch nicht genügend wirkungsvoll gewesen, um das Gefühl der Beschämung, ja sogar der Lächerlichkeit aufzuwiegen, das er bei dem Gedanken an die Unzulänglichkeit seiner Versuche im Vergleich zu dem tiefen Ernst seiner Absichten empfunden hatte. So war ihm also im großen und ganzen nichts anderes übriggeblieben, als sehr scharf über seine Gedanken und Worte und über seine Begierden zu wachen und herauszufinden, wann und wo sich ihm eine Möglichkeit bot, niederzuknien und zu beten, und zwar viel länger zu knien als ihm angenehm war, ohne daß er dabei Gefahr lief, erwischt zu werden. (Als man ihn wirklich einmal dabei ertappt hatte, war er genauso entsetzt gewesen, als hätte man ihn bei einer sexuellen Handlung überrascht.) Während eines solchen lang ausgedehnten und unbequemen Kniens war es dann geschehen, daß sich sein Geist, beängstigend hin- und hergezerrt zwischen seiner Neigung zum Abschweifen und dem Bemühen um disziplinierte Meditation, dankbar und überwältigt in eine bildhafte Vorstellung des gekreuzigten Christus versenkt hatte und dann ganz unerwartet den Gedanken an die Möglichkeit seiner eigenen Kreuzigung hervorgebracht hatte. Er hatte sich gerade aus tiefem und ehrlichem Herzen überlegt, wie er je genug tun könne für den Sohn Gottes, der so viel für ihn getan hatte, als plötzlich das Abbild Christi am Kreuz verschwand und er statt dessen seinen eigenen ans Kreuz genagelten Körper sah; in seiner Vorstellung blickte er selbst vom Kreuz herab, spürte er sein Gewicht an den Nägeln zerren, fühlte das rissige Holz seinen ganzen geschundenen Rücken entlang und stoisch, mit unendlicher Liebe und Vergebung schaute er herab in die Augen Richards und eines jungen römischen Soldaten und höhnender Juden und vieler Leute, die Richard gekannt hatte. Es war ein feierlicher und lohnender Augenblick; aber schon beim nächsten Atemzug beinahe erkannte er, daß er weder denselben Grund noch dasselbe Recht wie Jesus hatte, am Kreuz zu sterben: und während er den Kopf wandte, sah er Christi Haupt etwas höher neben seinem eigenen und etwas tiefer einen dritten Kopf, der Fluchworte ausstieß: und er wußte, daß er nur der reuige Schächer war.

Aber es kam natürlich überhaupt nicht in Frage, daß es ihm mitten im tiefsten, ländlichsten Mittel-Tennessee im Jahre neunzehnhundertdreiundzwanzig gelingen könnte, an ein Kreuz genagelt zu werden; und wenn er auch (vorausgesetzt, daß er den Mut dazu aufbrachte) zweifellos seine Füße selbst annageln konnte und auch die eine Hand (wenn ein anderer den Nagel festhielt), dann hing seine rechte Hand immer noch frei herunter, und neben einer echten Kreuzigung würde es reichlich albern aussehen. Wenn er auch nur eine Spur angemessener Demut empfand, dann begnügte er sich damit, einfach festgebunden zu werden, wie man es mit den Schächern gewöhnlich machte, und die drei Stunden am Karfreitag, die Jesus am Kreuz hing, hängenzubleiben. Selbst das wäre schon eine ganze Menge, wenn es auch nur als Sinnbild zu verstehen war, das Scherflein der Witwe gewissermaßen; aber etwas mehr war es doch wohl, als die Witwe fertiggebracht hatte; und er erkannte, daß außer ihm noch viele andere gerührt und beeindruckt und sehr wahrscheinlich durch das gute Beispiel gebessert werden würden. Es wäre natürlich unmöglich, ein Kreuz aufzutreiben, von dem man nicht erst das Bildnis Jesu abnehmen müßte, zum Beispiel das lebensgroße Kreuz im Vestibül, und es wäre auch unehrerbietig, selbst wenn man die Erlaubnis bekäme. Oder vielleicht zimmerte ihm jemand eins, aber er bezweifelte es. Er könnte sich selbst eins machen, wenn er sich in die Werkstatt schleichen und genügend freie Zeit ergattern könnte, nur wußten alle, daß er handwerklich völlig unbegabt war, und so einfach ein Kreuz wahrscheinlich auch zu machen war, sie würden ihn nur auslachen, selbst wenn er wirklich ein Kreuz zustande brachte. Eine der eisernen Schulbettstellen würde auch genügen, und man hing an ihr sogar wahrscheinlich noch unbequemer als an einem Kreuz, aber genau wie bei dem Nagelhalten und dem Kreuz zweifelte er doch sehr stark daran, daß es ihm gelingen würde, sich ganz allein festzubinden, und als er daran dachte, jemand um Hilfe zu bitten, schreckte er erstaunlicherweise vor diesem Gedanken zurück. Während er im Geiste die paar Leute aufmarschieren ließ, denen er bis zu einem gewissen Grad vertrauen oder auf deren Anhänglichkeit er sich überhaupt verlassen konnte, wurde ihm klar, daß nicht einer da war, der bei dieser Sache mitmachen oder überhaupt nur verstehen würde, worum es ging. Viel besser wäre es vermutlich, Leute, die er nicht mochte, so zu ärgern und über seine wahren Absichten zu täuschen, daß sie ihm unwissentlich halfen: aber das, spürte er, war nicht nur unwahrscheinlich, sondern auch sündhaft. Wenn sie wirklich wütend wurden, würden sie ihn wahrscheinlich auf eine Weise quälen, zu der sie Lust hatten, und nicht auf eine, zu der er Lust hatte, und er konnte sich nicht vorstellen, wie er ihnen beibringen sollte, daß das einzige, was er nicht wünschte, war, nackt ausgezogen (bis auf ein Lendentuch) und drei Stunden lang an eine Bettstelle gebunden zu sein. Und selbst wenn es ihm gelingen sollte, würde er sie zur Sünde verlocken, und das wäre dann auch wieder eine Sünde. Es war besser, sich einfach vorzustellen, daß es bereits geschehen war, und sowie er nicht mehr über das Problem, wie es geschehen könnte, nachdachte, war alles leichter.

Da hing er nun, die eisernen Stäbe und eckigen Metalleisten der Bettstelle drückten mit stechendem Schmerz gegen sein Fleisch und seine Knochen; aber er gab keinen Laut der Klage von sich. Im Gegenteil, seine Augen waren unablässig auf die brechenden Augen seines gekreuzigten Herrn geheftet, und sein eigenes Leiden verblaßte davor. Neben ihm erklang ein ständiges Gemurmel von Spott, Mitleid, Hochachtung und Verwunderung, und hin und wieder erhob sich ein bekanntes Gesicht zu ihm und eine bekannte Stimme flehte ihn an oder befahl ihm, herunterzukommen. Pater McPhetridge, der Prior, erhob sein breites rotes Gesicht zu ihm und erklärte ihm, das sei die unerhörteste Sache, die sich je ein Junge an dieser Schule geleistet habe, und er solle sofort damit aufhören und herunterkommen und seine Strafe wie ein Mann auf sich nehmen. Er antwortete freundlich und ruhig, und seine Stimme war um so eindrucksvoller, als sie im Gegensatz zu dem entrüsteten Gebrüll so ruhig klang, die »Strafe« (und er lächelte in all seinen Schmerzen über dieses Wort) könne zur angemessenen Zeit erfolgen; er werde (mit Hilfe der andern) genau um drei Uhr und keine Sekunde früher herabsteigen; und er werde sich seinen Richtern ohne jeden Widerstand stellen. Geißelt mich, sagte er; prügelt mich, sperrt mir für den Rest des Jahres den Urlaub, werft mich meinetwegen sogar aus der Schule; alles, was ihr tun könnt, dient nur der höheren Ehre Gottes, und deshalb vergebe ich euch. Der Prior zog sich beschämt zurück; Richard sah, wie er mit den anderen Mönchen und den Lehrern flüsterte, und sein Gesicht war röter denn je, und ihre flüsternden Augen waren auf ihn gerichtet. Der Fußballtrainer Braden Bennett, der sich so oft über seine Musikstunden lustig gemacht hatte; sein Gesicht war jetzt ganz verändert: »Verächtlich zwar, doch staunend sahen die Männer, wie sie schweigend litt.« Er gab den Blick zurück, schaute direkt in die drohenden Augen, mit so ruhiger Tapferkeit und Vergebung, daß sich Spott und Verwunderung noch vertieften, und zwar die Verwunderung noch mehr als der Spott. Seine Mutter flehte ihn an herunterzukommen; sie weinte sogar; und sie tat ihm schrecklich leid; aber er schüttelte langsam den Kopf und sagte mit freundlichem Lächeln: »Nein, Mutter, ich bereue tief, daß du meinetwegen weinen mußt, und es tut mir schrecklich leid, aber meine Stunde ist noch nicht gekommen.« Sie brach schluchzend zusammen, und die Frauen aus der Nachbarschaft scharten sich um sie; sie faßten sie an den Armen und stützten sie und führten sie hinaus, alle tiefgebeugt. Eines Tages wirst du es verstehen, erklärte er ihr in seinem Innern, und du wirst mir dafür dankbar sein; und er verspürte das Glück, das man nur empfindet, wenn man Böses mit Gutem vergilt. Willard Rivenburg ließ den dunklen Unterkiefer offen hängen, und Richard hörte ihn Bennett zuflüstern: »Mein Gott, der Kleine hat aber wirklich 'nen Nerv.« George Fitzgerald hielt, kaum imstande, seine Tränen zurückzudrängen, einen mit Essig getränkten Schwamm hoch, den Richard verzeihend ablehnte; und Hobe Gillum und Jimmy Toole und Parmo Gallatin und Keg Head Hodges und die anderen sahen ihn an, düster, aber respektvoll; nie mehr, erkannte er, würde er von jetzt an als letzter übrigbleiben, wenn sie beim Spiel ihre Parteien wählten, und wenn es auch nur aus reiner Höflichkeit geschah. Durch die halboffene Kapellentür konnte er immer noch die Stimme hören, die das Drei-Stunden-Gebet sprach, Pater Ogles Stimme, und ihm wurde klar, daß der Gottesdienst draußen kaum mehr länger als eine Stunde dauern würde; aber die Stimme klang lau und segelte hohl durch die fast leere Kirche; fast die ganze Gemeinschaft hatte sich hier im

Vestibül versammelt, und es waren sogar einige Leute aus nahe gelegenen Städten dabei, und plötzlich kletterte ein Photograph auf den sandsteinernen Taufstein und richtete seinen Apparat auf ihn und ließ ein Blitzlicht aufflammen. SELTSAME RITEN IN EINER BERGSCHULE, las er: und während ihm das Blut siedend heiß in den Nacken schoß, barg er das Gesicht in den Händen und betete voll Verzweiflung: *O mein Gott, vergib mir! Vergib mir, wenn Du kannst!*... Denn während er mit liebevollem Spott oder sogar mit einer Art spöttischer Verwunderung, mit dem Spott der lebendigen Eitelkeit eines Menschen, der seine Kindereien beiseite geschoben hat und in der Erinnerung bei ihnen verweilt, über seine vergangenen Eitelkeiten nachdachte, hatte er sich noch einmal in sie versenkt (in Deinen Wunden verbirg mich) und sich von neuem in ihnen verstrickt. Denn diese letzten Vorstellungen waren keine reine Erinnerung; einige waren ganz neu, und eben jetzt erst, in dieser Stunde, da Christus Seine Passion durchlitt, hatte er seine Seele von neuem verführt. Wenn jemand anders, wenn irgendein anderer Mensch auf der Welt diese absurden Phantasievorstellungen seines Herzens kennen würde: seine Angst und sein Entsetzen bei dem bloßen Gedanken daran verrieten ihm, was für ein verächtlicher Dummkopf er war. Aber Gott wußte natürlich Bescheid und Christus auch, selbst jetzt, da der Sohn litt und der Vater, bekümmert, daß Er seinen Kelch vielleicht nicht annehmen würde, in Liebe und Trauer abwartete, ja, und obwohl das Leid sie zu verschlingen drohte, wußten sie ganz genau Bescheid; wenn auch, wie ihm jetzt einfiel, sein Geheimnis bei ihnen sicher war. In unerträglicher Selbstverachtung preßte er die Augen so fest zu, daß sie weh taten, und drückte das Kinn so fest gegen den Hals, wie es nur ging, und schlug sich, blind und schwindlig vor Abscheu, kaum wissend, was er tat, heftig gegen die Brust und stöhnte im Innern seiner Seele, *ihre Last ist unerträglich.* Beim zweiten Schlag erkannte er voll Dankbarkeit, daß er überraschenderweise eine so echte und tiefe Zerknirschung empfand, daß ihm daneben jeder Augenblick der Zerknirschung, den er bisher erlebt hatte, trivial, ja verlogen erschien, und einen Augenblick lang bezweifelte er den Wert jeder Absolution, die ihm je erteilt worden war. Aber noch bevor dieser Zweifel Form annehmen konnte und noch während seine Faust den dritten Angriff gegen sein unbotmäßiges Herz vorbereitete, wurde dieser neue Zweifel durch die Erkenntnis verdrängt, daß er sich viel zu auffällig benahm und daß er anderen Menschen genauso affektiert, genauso auf den äußeren Eindruck bedacht vorkommen mußte, wie ihm andere erschienen waren, wenn er sie beim Beten beobachtet und bei den verschiedensten Manieriertheiten ertappt hatte. Er führte also die Faust behutsam an die Brust, machte die Augen auf, hob ein wenig den Kopf und schaute sich, ohne sich dabei umzudrehen, vorsichtig durch die gesenkten Wimpern um.

Anscheinend war niemandem etwas aufgefallen, das heißt, bei denen, die direkt hinter ihm knieten, konnte er es natürlich nicht genau feststellen. Er neigte den Kopf wieder und drehte ihn dabei ein wenig nach rechts, senkte die rechte Schulter und schob sie etwas zurück und beobachtete seine Umgebung aus fast geschlossenen Augen. Diejenigen, die direkt hinter ihm knieten, konnte er immer noch nicht sehen, aber von denen, die in seinem Gesichtskreis knieten, schien niemand etwas gemerkt zu haben; dann begegnete er Hobe Gillums Polizistenblick und errötete. Er rückte Kopf und Schulter wieder zurecht und beobachtete Claude Gray, der rechts vor ihm kniete. Claude hatte den Kopf weit zurückgelegt und in seiner Anbetung so verdreht, daß seine linke

Kinnseite, strahlend golden im Kerzenlicht, der auffallendste und fast höchste Punkt seines Kopfes war. Außerdem aber war ganz klar, daß er betete, und zwar nicht zum Allerheiligsten Sakrament, sondern zu der kleinen verhüllten Statue der Heiligen Jungfrau über dem Tisch für die Handwaschung; und als Richard jetzt zum erstenmal auffiel, daß auf der Gipsbrüstung zu ihren Füßen eine kleine Tasse mit Veilchen stand, wußte er sofort, wer die Veilchen zwischen dem nassen, verfaulten Laub vom vorigen Jahr herausgesucht hatte, um diesen Platz zu ehren. Er sah wieder zu Claude hinüber, auf den zurückgeworfenen lockigen Hinterkopf und auf die preisgegebene, hellbeleuchtete Kinnseite, und dachte, vielleicht ist es ihm wirklich ernst, er weiß es vielleicht gar nicht, aber ich wette, daß er es weiß, ich wette, er weiß, daß er wie ein Heiligenbild wirkt, und ich wette, er hat es von irgendeinem Bild oder einem Heiligen oder sonst jemandem abgeguckt. Wenn er es aber doch ernst meinte und gar nicht mehr wußte, daß er sich so in Positur setzte, dann war es unfair, ihm einen Vorwurf zu machen. Er dachte wahrscheinlich an seine Mutter. Seine Mutter war zwar eigentlich schon viel zu lange tot, als daß er sich immer noch so anzustellen brauchte, aber vielleicht nahm er die Dinge eben schwerer als die meisten anderen Menschen. Richard schämte sich plötzlich heftig, als er daran dachte, daß Claude vielleicht wirklich trauerte und für seine tote Mutter betete, und er hatte auf einmal Mitleid mit ihr und auch mit Claude, aber dann fiel ihm wieder Claudes Stimme ein, die mädchenhafter klang als jede Mädchenstimme, obwohl er schon Stimmbruch gehabt hatte, und er mußte daran denken, wie Claude ihm mit leidenschaftlicher, zuckersüßer Stimme die Litanei zur Heiligen Jungfrau Maria vorgebetet hatte: O gebenedeite, o heiligste, o süßeste Jungfrau Maria; irgend etwas in der Art und noch eine ganze Weile so weiter. Die ganze Geschichte war ihm unangenehm gewesen, und im Augenblick, in dem Claude mit so saftiger Emphase die Worte *süßeste Jungfrau* ausgesprochen hatte, war Richard sich darüber klar gewesen, daß ihm das ganze Gebet gründlich mißfiel; und als er jetzt Claude ansah, mißfiel es ihm noch viel gründlicher und er stellte fest, daß er dieser Form zu beten gegenüber mißtrauisch war, selbst wenn Claude es jetzt mit seinem Gebet ganz aufrichtig meinte. Ihm fiel ein, wie seine Mutter sich einmal über Claude ereifert hatte, über seinen Wunsch, daß die Schule doch die Chorhemden mit Spitzen besetzen lassen sollte, und über die besondere Aufmerksamkeit, die er der Heiligen Jungfrau erwies, und daß sie ungeduldig gesagt hatte: »Ich verstehe bloß nicht, warum – warum er dann nicht gleich nach Rom geht!«

Er erinnerte sich daran, wie spöttisch und ungeduldig ihre Stimme geklungen hatte, und er beobachtete Claude weiter und betrachtete das lange Haar an seinem Hinterkopf, das sich wie die Blätter einer schäbigen Chrysantheme über dem schmächtigen Hals kräuselte, und auf einmal fand er, daß Claude zu bemitleiden war und daß es unbedacht und grausam war, ihn in Gedanken zu verachten, und daß es genauso unanständig war, ihn auf diese Art zu beobachten, während er so völlig schutzlos war und keine Ahnung hatte, daß er beobachtet wurde oder daß er auch nur im geringsten albern aussehen könnte, wie wenn man ihn durch ein Schlüsselloch beobachten würde. Was weiß *ich* denn schon, dachte er, er betet wahrscheinlich ganz richtig, und wenn er auch nicht richtig betet, dann habe ich noch lange kein Recht, ihn so anzusehen und –

Und damit wurde ihm jäh und unerwartet etwas klar, an das er sich nicht genau erinnern konnte, das aber irgendwo am Rande seiner Gedanken bohrte und stichelte. Ihm fiel ein, daß er nur deshalb angefangen hatte, Claude anzusehen und sich mißtrauisch zu überlegen, wieviel sein Gebet wohl wert sein mochte, weil er selbst ohne jegliche Affektiertheit etwas getan hatte, was andere sehr leicht mißverstehen und für affektiert halten konnten. Er verstand es nicht ganz, aber er wußte, daß er auf irgendeine niedrige Weise etwas auf Claude abzuschieben versuchte, das bei ihm selbst nicht stimmte, oder noch schlimmer, er nahm als erwiesen an, daß Claude einen Fehler beging, den er selbst, wie er genau wußte, nicht begangen hatte; und sogar noch schlimmer als das, er hatte sich so sehr ablenken lassen und nur über die Schwäche eines anderen Menschen nachgedacht, daß er seinen eigenen Augenblick der Zerknirschung entwertet und verloren hatte, und daß er eben die Sünde, derentwegen er so zerknirscht gewesen war, vergessen und damit eine Sünde ganz ähnlicher Art begangen hatte. Aber obwohl er die erste Sünde und den Augenblick der Zerknirschung und auch die zweite Sünde ganz deutlich erkennen konnte, schlossen sie sich eher zu einer Art Bild zusammen, als daß sie eine Empfindung hervorriefen, und es gab zu viele Dinge in diesem Bild, die er anschauen mußte, als daß er eins davon hätte genau betrachten können. Er verspürte Scham und eine Art von Erstaunen. Er fragte sich, ob er wohl jemals aus einer Sünde, die er begangen hatte, so viel lernen würde, daß er nicht schon im Augenblick, in dem er sie bereute, eine zweite Sünde derselben Gattung beging, und er empfand es als seltsam und entsetzlich, daß eine so tiefe und aufrichtige Reue, wie er sie doch empfunden hatte, sich so schnell verflüchtigen konnte. Er war unglücklich darüber, und Abscheu vor sich selbst erfüllte ihn, als er sah, was er getan hatte, aber er wußte, daß dieses Gefühl viel oberflächlicher war als jenes andere, das sich so unvorhergesehen eingestellt hatte und aus dem heraus er so heftig an seine Brust geschlagen hatte. Er dachte an die Leiden Jesu am Kreuz, aber jene tiefe und ehrlichste Zerknirschung ließ sich nicht wiederherstellen; wieder blickte er auf Claudes wenig ansprechenden Kopf und empfand eine geheimnisvolle, unbegreifliche Trauer um alles, was unvollkommen und unzulänglich war: Claude; den armen kleinen Dillon Price mit seinem ordentlich geschnittenen Haar, das immer wie Werg aussah, und seinen rötlichen, wimperlosen Augen, der dauernd weinte oder gerade geweint hatte oder gleich anfing zu weinen; eine Henne mit schiefem Hals, der nie wieder eingerenkt werden konnte, die schüchtern allein in einer Ecke des Hühnerhofs stand und einen verkrüppelten Flügel hatte; seinen eigenen unvollkommenen und unzusammenhängenden Verstand und Geist; und dann dachte er wieder an Jesus am Kreuz, der dafür litt und starb, daß alle diese mangelhaften Dinge und Geschöpfe vollkommen werden sollten, sogar die arme, unglückselige Henne; und Tränen traten ihm in die Augen; er genoß sie sehr, aber er wußte ganz genau, daß sie nichts mit der tiefen Zerknirschung zu tun hatten, die er wiederzuerlangen versuchte. Du, der du wahrhaft und ernstlich deine Sünden bereust, flüsterte er fast laut, und in Liebe und Eintracht mit deinen Nächsten lebst, tritt vertrauensvoll und gläubig heran und nimm dieses Heilige Sakrament zu deinem Trost entgegen, knie demütig nieder und lege vor dem Allmächtigen Gott deine Beichte ab.

Sein Herz öffnete sich. Allmächtiger und immerwährender Gott, betete er, Schöpfer aller Dinge, Richter aller Menschen (und er sah wie in einem kreisenden Rund vor sich den Glanz aller Dinge, die Schatten aller Menschen), wir bekennen und beklagen unsere mannigfaltigen Sünden und Missetaten (und sie entfalteten sich mannigfaltig zwischen Himmel und Erde wie fallende Blätter und fallender Schnee), die wir von Zeit zu Zeit (und immer und immer wieder, morgens und mittags und beim Erwachen in der Nacht) schmerzlicherweise in Gedanken (die wandernden Gedanken, das laszive Bild, das sogar jetzt vor ihm aufblitzte), Worten (die obszönen Worte, die Fluchworte) und Werken (die Scham und die rohe Kraft der Hände) gegen Deine Göttliche Majestät (hinaufgeschleudert, wie so viele Pfeile und so viel Schmutz gegen den sterbenden Sohn an seinem Kreuz und den unbesiegbaren Vater auf seinem Thron) begangen haben und damit Deinen gerechten Zorn und Deine Empörung auf uns herabgezogen haben (er beugte tief den Kopf, mit geschlossenen Augen, und der gesamte Himmel verhärtete sich zu einem einzigen Speer, der auf seinen gebeugten Nacken herabstieß, doch Christus am Kreuz schaute ihm nur in die Augen, ohne Zorn und Empörung). Wir sind von Herzen betrübt über diese unsere Missetaten. Die Erinnerung daran ist uns schmerzlich (o ja, sie ist gewiß schmerzlich), ihre Last ist (o Gott, vergib mir, vergib mir, mach sie unerträglich, unerträglich), ihre Last ist unerträglich (sie ist es, Herr, Herr Gott, ich will, daß sie es ist), ist unerträglich. Hab Erbarmen mit uns, barmherzigster Vater, hab Erbarmen mit uns (und er preßte die gefalteten Hände fest gegen die Stirn) um Deines Sohnes, unseres Herrn Jesus Christus willen vergib uns alles, was vergangen ist (vergangen ist), und gewähre uns, daß wir von jetzt an Dir dienen und Dich erfreuen in neuerschaffenem Leben zur Ehre und zum Ruhme Deines Namens. Amen.

Er fühlte sich fast so friedlich und leicht, als hätte er eben die Absolution erhalten. Die Augen leicht geschlossen, den Kopf ruhig zurückgeneigt, konnte er das zarte Licht der Kerzen vor seinen Augenlidern sehen, und er wurde sich wieder einmal des starken Duftes der vielen Blumen bewußt. Sie sterben, flüsterte er vor sich hin. Bald. Für mich und für alle Sünder. O Haupt voll Blut und Wunden. Er hörte das unendlich leise Zucken der Uhr, das auf seiner rosig-milden Blindheit prickelte wie lauter winzig kleine Dornen, so klein, daß man sie nicht aus der Haut herausziehen kann, Tausende von ihnen, eine ganze stechende Dornenkrone. Er öffnete die Augen gerade so weit, daß er sehen konnte, daß er durch ihr Regenbogen-Zucken hindurch verschwommen und unscharf etwas erkennen konnte, unscharf, scharfe Flammen im Dunkeln, Dornenflammen zu Tausenden, jede Flamme ein Dorn, ein kleines Schwert, eine Zunge aus Feuer, die über einer wächsernen pfingstlichen Stirn steht; gehet hinaus in alle Welt, eine Rosenhecke aus gesegneten Feuern, brennend, kaum hörbar knisternd; nein, die Uhr. Jetzt starrten blasse, runde Blumen, Tausende von Blumen, ausdruckslos durch die Tausende scharfer Flammen, weiß und einsam in der summenden Düsternis wie Orgelregister, die man während einer langweiligen Predigt zu fest und unablässig anstarrt, rund und glänzend wie Oblaten, wie geweihte Hostien in dem winzigen Brennen und Prickeln der Zeit. Er konnte sich nichts Rechtes vorstellen unter der Zeit, außer daß sie eine Kraft war, mit der man die Dunkelheit messen konnte, aber er machte die Augen jetzt ganz auf und sah, daß es fast fünf Minuten, zwei und eine halbe Minute, vor halb fünf war. Die Uhr stand auf der untersten Altarstufe. Ihr Lederetui war mit Silberdraht, fast so dünn wie ein Haar, verziert, der kunstvolle Blumen und Blätter bildete. Sie gehörte seiner Mutter, und man hatte sie wie jedes Jahr für diese Donnerstagwache in der Marienkapelle ausgeliehen, weil sie die leiseste Uhr war, die in der Umgebung zu finden war. Nun, da er sie ansah, hörte er sie deutlicher, ein gieriges und zarteres Geräusch als das Miauen eines Kätzchens vor seiner Schüssel, und nun, da er nichts anderes hörte, sah er nichts anderes außer dem Zifferblatt der Uhr, das ihm hart, zeigerlos, weiß aus einem Schatten zitternden Goldes entgegenstarrte wie die große Hostie in einer Monstranz; und als er wieder die Zeiger sah und die Zahlen, zeigten sie, daß nur noch zwei Minuten von seiner Wache übrig waren. Könnt ihr nicht einmal eine Stunde mit mir wachen? Jetzt erinnerte er sich wieder an das, was er beim Aufwachen vor sich gesehen und empfunden hatte, und zwar so deutlich, daß sich diese Vorstellungen und Gefühle fast wieder einstellten; aber sie hatten sich gewissermaßen verhärtet, sie blieben in einiger Entfernung von ihm, und ihm begann klarzuwerden, daß sein Geist während dieser ganzen halben Stunde umhergewandert war: kaum einen Augenblick lang hatte er wirklich gebetet oder Betrachtungen angestellt. Einen verdammt guten Heiligen würde ich abgeben, sagte er zu sich; und fügte mit kalter und gleichzeitig milder Selbstverachtung zu dem Stapel von Sünden, die er bald beichten mußte, hinzu: Ich habe in der Marienkapelle in Gegenwart des Allerheiligsten geflucht. Herr, sei mir armem Sünder gnädig, flüsterte er in Gedanken und bekreuzigte sich.

Jetzt bemerkte er zum ersten Mal, daß seine Knie sehr weh taten. Er hatte Kreuzschmerzen. Als er sich bewegte, den Rücken beugte, das Gewicht von einem Knie auf das andere verlagerte, verschwamm einen Augenblick lang alles zitternd und nebelhaft vor seinen Augen, wurde dann mit einer Art Gleiten oder Rangieren, wie wenn ein mit Gewichten beschwerter Vorhang senkrecht herabfällt, wieder klar und blieb still stehen. Ich glaube, ich bin beinahe ohnmächtig geworden, dachte er voll Befriedigung. Er suchte die tiefen

Rillen, die der Rand der Kniebank in seine Knie gedrückt hatte, paßte sie wieder genau dem Brettrand an und lehnte sich mit aller Kraft darauf, damit es ordentlich weh tun sollte; und er entdeckte, daß es weher tat, wenn er den Rücken völlig still und gerade hielt, als wenn er ihn bewegte. Der Schmerz verlieh ihm das Gefühl, stark und ehrerbietig zu sein, und lächelnd flüsterte er Jesus im stillen zu: »Es ist nichts gegen das, was Du tust.« Vater unser, der du bist im Himmel, begann er; und er wußte, daß er noch eine Wache durchhalten würde.

Es war jetzt halb fünf, aber niemand rührte sich. Niemand will der erste sein, dachte er. Nein, sie beten alle, sagte er zu sich. Ich bin der einzige, der gemerkt hat, wie spät es ist. Er hörte, wie hinter ihm jemand vorsichtig eintrat und leise niederkniete. Jetzt muß jemand seinen Platz aufgeben, dachte er. Eigentlich sollte ich es tun.

Claude legte den Kopf auf die andere Seite, und jetzt bemerkte Richard die durchscheinenden lavendelblauen Perlen in seinen Händen. Er hörte, wie sich jemand bewegte und müde aufstand, und er erkannte an dem Rascheln des gestärkten Stoffes, daß es die Gemeindehelferin war. Sie war schon drin, als ich kam. Ist eine Stunde geblieben. Vielleicht auch länger. Hör auf, alles zu kontrollieren, befahl er sich scharf. Geht dich nichts an. Da erklang das Geräusch ihrer Schritte, als sie wegging, und das Geräusch anderer Schritte, als jemand anderes eintrat. Bete, befahl er sich. Ich müßte eigentlich meinen Platz frei machen. Es war gleich drei Minuten nach halb. Wir flehen Dich an, o Herr, gieße Deine Gnade aus in unsere Herzen, auf daß –

Die Sakristeitür ging auf und Lee Allen stand da. Er sah ernster und müder aus als zuvor, und er wich Richards Blick mit einer Abgeschlossenheit aus, die Richard aus der Fassung brachte. Auf daß wir, so wie wir die Fleischwerdung Deines Sohnes Jesus Christus durch die Botschaft des Engels erfahren haben: Lee ging schweigend bis zur Mitte und beugte das Knie; dann löschte er von der Stelle aus, an der er stand, sieben heruntergebrannte Kerzen auf der rechten und sieben auf der linken Seite aus; in exaktem Rhythmus erloschen die zusammengeschmolzenen Kegel. Er beugte das Knie und stellte den hohen Kerzenauslöscher in die Ecke, kehrte zurück und beugte wieder das Knie; dann ging er ruhig und überlegen mit langen Schritten zum Altar, griff vorsichtig zwischen die ineinander verflochtenen Blumen und zog mit jeder Hand einen rauchenden siebenarmigen Leuchter hervor. Er beugte wieder das Knie und ging auf Zehenspitzen hinaus, wobei er die Tür leise mit dem Fuß zuschob. Rauch stieg kräuselnd von jeder der erloschenen Kerzen auf, als er vorbeiging. Die Kerzen schienen kaum weniger geworden zu sein, so viele waren da. Es mußten noch andere ausgewechselt werden, fünf auf jeder Seite; die übrigen waren noch groß genug. Durch die Botschaft des Engels, so auch durch Sein Kreuz und Seine Passion: er hörte, wie hinter ihm vorsichtig ein Fenster hochgeschoben wurde, und zum erstenmal fiel ihm auf, wie erstickend heiß es war und daß er schwitzte. Die Sakristeitür ging auf und George Fitzgerald erschien. Seine Augen waren weicher und glänzender vor Müdigkeit als vorhin, und sein Gesicht war weiß und hatte leuchtendrote Flecken. Er begegnete Richards Blick ruhig und unpersönlich. Er ging bis zur Mitte und beugte das Knie, und Richard konnte sehen, daß er die Blumen mit einem Blick überflog. Einige waren immer noch kräftig, und einige welkten, und jetzt nahm er zwei Vasen mit welken Blumen, entwirrte sie mit großer Sorgfalt aus dem Netz der übrigen Blumenvasen, beugte wieder das Knie und ging auf Zehenspitzen hinaus, wobei er die Tür sanft mit dem Fuß zuschob. Blütenblätter flockten herab, als er hinausging. Richard spürte die frische, lebendige Luft im Nacken; jetzt kühlte sie sogar seine Stirn; und jetzt bestätigten die Kerzenflammen, Reihe um Reihe, die eindringende Nacht; weitere Blütenblätter fielen herab. In den Duft von Feuer und Wachs und frischen und welkenden Blumen stahl sich die reine Frische von Quellwasser. Jemand nieste und versuchte es verzweifelt und unzulänglich hinter der Hand zu ersticken. Claude drehte den Kopf wieder auf die Seite und fing mit seinen Perlen von vorn an. Richard hörte, wie sich jemand auf nackten Füßen zurückzog, und wußte, daß es Hobe und Jimmy sein mußten. Ich habe nicht einmal meine Gebete gesprochen, fiel ihm ein. Ich bleibe noch hier, sagte er sich. Gib deinen Platz auf, befahl er sich. Du hast kein Recht, darauf klebenzubleiben. Genausoviel Recht wie: und du hast auch gar kein Recht, so etwas zu denken: wie Claude mit seinem schiefen Kopf und seinen dämlichen Perlen. Mach deinen Platz frei. Geh zurück. Knie auf dem Fußboden. Dieselbe Person wie vorhin nieste, heftiger, aber versteckter. Claude hob den Kopf, legte seine Perlen sorgsam hin, stand auf, ging zur Mitte, beugte das Knie, drehte sich um, wobei er wie der heilige Sebastian aussah, und ging in den Hintergrund der Kapelle. Richard hörte, wie er vorsichtig das Fenster zugleiten ließ; die Flammen brannten ruhig und steil; Claude kam zurück und fing mit seinen Perlen wieder von vorne an. Seele Christi, heilige mich, begann Richard unschlüssig; die Sakristeitür ging auf und Lee Allen erschien.

Richard schloß die Augen. Herr, vergib mir, daß ich es nicht richtig machen kann, betete er. Herr, hilf mir, es jetzt besser zu machen. Mach, daß ich Dich liebe und Dein Leiden an diesem Tage erkenne. Um Jesu willen. Amen. Er bekreuzigte sich sorgfältig und erhob sich; ihm war schwindlig, und einen Augenblick lang taten seine Knie unerträglich weh. Er trat aus dem Pult heraus, beugte das Knie und drehte sich um, und auf einmal wußte er, daß er wenigstens ein paar Minuten lang hinausgehen mußte, er war viel zu müde, um zu bleiben. Als er sich an der Tür noch mal umdrehte, um das Knie zu beugen, zündete Lee eben die zweite der hohen neuen Kerzen an.

Die Dunkelheit war kühl und schal. Als er von der Tür zur Marienkapelle aus ins Kirchenschiff zurückblickte, sah er die verschleierten Stationen des Kreuzwegs wie hintereinander angeordnete Merkzeichen einer schwärzeren Dunkelheit. Groß und hoch ragte neben seiner rechten Schulter eine Madonna auf, ein blinder schwarzer Monolith. Er ging schweigend bis zur Mitte des Querschiffs, und jetzt konnte er die weißen Register und Knöpfe der Orgel sehen. Er stand genau in der Mitte, das Gesicht dem entblößten Altar zugewandt; natürlich, man sollte es eigentlich nicht tun, aber in störrischer und loyaler Verehrung beugte er erst eins und dann beide Knie vor dem verlassenen Tabernakel: bis zu Seiner Wiederkehr.

Er senkte den Kopf tief zur Erde und hörte seine eigene Stimme in seinem Innern langsam und angstvoll die Worte flüstern, die, wie er befürchtete, nur ein Priester aussprechen darf, ohne eine Blasphemie zu begehen: Denn in der Nacht, in der Er verraten wurde:

Er bekam eine Gänsehaut.

Dies ist die Nacht, in der Er verraten wird.

Er spürte den Fußboden scharf und hart unter seinen Knien und flüsterte laut: »Dies ist die Nacht, in der Er verraten wird«; und während er es flüsterte, stimmte es schon nicht mehr, und er flüsterte in seinem Innern: »Nahm Er Brot,

# COTTA'S BIBLIOTHEK DER MODERNE

**Ernst Jünger · Der Arbeiter**
Essay. 322 Seiten. ISBN 3-608-95022-2

**G. K. Chesterton**
**Der Mann, der Donnerstag war**
Roman. Aus dem Englischen von Heinrich Lautensack
247 Seiten. ISBN 3-608-95010-9

**Jean Améry · Lefeu oder Der Abbruch**
Roman-Essay. 194 Seiten. ISBN 3-608-95020-6

**Pierre Jean Jouve · Die leere Welt**
Roman. Aus dem Französischen von Friedhelm Kemp
152 Seiten. ISBN 3-608-95078-8

**Doris Lessing · Eldorado**
Erzählung. Aus dem Englischen von Adelheid Dormagen
83 Seiten. ISBN 3-608-95019-2

**E. E. Cummings · Der ungeheure Raum**
Roman. Aus dem Amerikanischen von
Helmut M. Braem und Elisabeth Kaiser
336 Seiten. ISBN 3-608-95123-7

**Wilhelm Lehmann**
**Bukolisches Tagebuch**
148 Seiten. ISBN 3-608-95124-5

brach es und gab es seinen Jüngern und sagte, Nehmet hin und eßt, das ist mein Leib, den ich für euch hingeben werde; tuet dies zu meinem Andenken.«

Er sah sich selbst, erwachsen und im Priestergewand, wie er niederkniete, aufstand, die geweihte Hostie hochhob und wieder niederkniete, während ein gebeugter, kniender Knabe, der ebenfalls er selbst war, die drei Glöckchen schwenkte.

Desgleichen erhob Er nach dem Mahl den Kelch, und nachdem Er gedankt hatte, segnete Er ihn und gab ihn Seinen Jüngern und sagte, Trinket alle daraus, denn das ist mein Blut, das Blut des Neuen Bundes, das für euch und für alle Menschen vergossen wird zur Vergebung der Sünden. Tuet dies, sooft ihr daraus trinkt, zu meinem Andenken.

Und bei den Worten, Denn dies ist mein Blut, das Blut des Neuen Bundes, beugte er sich so tief unter der Last des Blutes, daß kein Raum mehr blieb für das Bild eines Priesters, und flüsternd wiederholte er, das für euch und für alle Menschen vergossen wird zur Vergebung der Sünden. Und während sich seine Hände hoben, standen langsam, eins nach dem anderen, die Worte in seinem Schweigen auf,

O du mein Herr und Heiland (»Mein Heiland«, flüsterte er):

Blick herab auf dieses Dein Kind.

Herr, segne mich (versuchte er); Herr, erhebe mich (versuchte er); Herr, vergib Deinem Kind.

Er konnte gerade den leeren Altar erkennen. Mehr Worte fand er nicht. Tuet dies, sooft ihr trinkt daraus, zu meinem Andenken.

Nichts weiter. »Blick herab auf dieses Dein Kind«, flüsterte er laut.

Jetzt taten seine Knie sehr weh.

»Um Jesu willen. Amen«, flüsterte er und machte mit dem Daumen das Zeichen des Kreuzes. Er stand auf. Wenn er jetzt in die Sakristei ging, sagten sie bestimmt: »Wieso bist du denn noch auf?« Sicher würden sie ihm befehlen, sofort ins Bett zu gehen. Gewiß nicht allzu streng, wegen der Nacht, die heute war, aber trotzdem würden sie ihn bestimmt ins Bett schicken.

Weil es Vorschrift war. Oder vielleicht taten sie es auch nicht, aber wenn sie es taten und er nicht sofort ins Bett ging, dann würde das noch viel schlimmer sein, als wenn sie ihn überhaupt nicht zu sehen bekamen. »Ich hab es ihm gesagt, Herr Pater«, hörte er Lee Allen mit seiner ernsten, hohlen Stimme sagen. »Das stimmt, Herr Pater«, sagte George Fitzgerald und nickte ernst. Und das war dann immer viel schlimmer, wenn irgend jemand es einem gesagt hatte; ein Präfekt. »Weswegen bist du dann noch draußen geblieben?« »Ich weiß nicht, Herr Pater.« »Natürlich weißt du es. Warum bist du draußen geblieben? Warum seid ihr alle draußen geblieben, Toole? Ihr habt doch gehört, daß ich euch gesagt habe, ihr sollt sofort zurückkommen und ins Bett gehen.« Wo waren sie überhaupt? Er hatte plötzlich Angst. Wenn sie schon zurückgegangen waren, dann war es nur noch viel schlimmer für ihn, weil er nicht mit ihnen zusammen zurückgegangen war. »Wo war Richard?« »Ich weiß nicht, Herr Pater.« »Natürlich weißt du es, ihr seid doch alle zusammen gegangen. Wo ist er?« »Ehrlich, Herr Pater, *ich* weiß es nicht. Als ich ihn zuletzt sah, war er noch in der Marienkapelle.« Damit müßte eigentlich alles in Ordnung sein. In der Marienkapelle. Er kam zu spät, aber nur, weil er betete. Dafür kann niemand Prügel bekommen. »Du weißt, wie die Vorschrift lautet.« Nein. Das würde er zu ihm sagen, nicht zu ihnen, nur zu ihm, bei der Schulversammlung; sie waren ja rechtzeitig zurückgekommen. »Du weißt, was ich euch gesagt habe: kommt sofort zurück und geht wieder ins Bett.« »Aber ich habe noch eine zweite Wache durchgehalten, Herr Pater. Fragen Sie Lee. Fragen Sie George, es stimmt wirklich.« »Es interessiert mich nicht, was du getan hast, ich habe euch gesagt, ihr sollt sofort zurückkommen und ins Bett gehen, und das hast du nicht getan. Was hast du zu deiner Verteidigung zu sagen?« Oder nein, vielleicht würde er ihn verwirrt ansehen und so etwas murmeln wie: »Das nächste Mal tu, was dir gesagt wird«, und ihn nicht bestrafen. Oder nein, vielleicht würde er auch wütend werden, wenn er das mit der zweiten Wache hörte, und sagen: »Hast du tatsächlich die Frechheit, *das* als Entschuldigung anzuführen?« Und doch war er im vorigen Jahr eine zweite Wache hindurch in der Kirche geblieben, und es hatte überhaupt keinen Ärger deswegen gegeben. Aber im vorigen Jahr hatte ihm auch niemand befohlen, sofort zurückzukommen und ins Bett zu gehen. Das war das Jahr gewesen, in dem drei Jungs überhaupt nicht bei der Wache, für die sie sich eingeschrieben hatten, aufgetaucht waren, sondern hinüber nach Lost Cove gegangen waren und sich Whisky besorgt hatten.

Wenn sie schon zurückgegangen waren, dann steckte er jetzt sowieso schon in der Klemme.

Leise atmend und bei jedem Atemzug vor Angst zitternd, schlich er sich so vorsichtig wie möglich zur Sakristeitür und spähte, regungslos an den Türrahmen gelehnt wie ein indianischer Späher, schräg zwischen Tür und Türpfosten hindurch. George ordnete sorgfältig wilde Azaleen in einem Marmeladeeimer. Lee war nicht da. Hobe kauerte an der Wand; Richard konnte nur seine Wange sehen, sie schimmerte orangebraun im Licht des feurigen Hügels aus Wachs, der viel größer geworden war. Willard lag hingelümmelt im

Liegestuhl; der ruhig schnarchende Kopf war zurückgelegt, und das blaue Kinn ragte in die Luft. Jimmy saß im Schneidersitz auf dem Fußboden; er sah sehr schläfrig aus. Lee Allen kam rasch aus dem Durchgang am anderen Ende herein und schien Richard direkt anzusehen, und Richard zuckte zurück und erstarrte, aber aus Lees Stimme ging deutlich hervor, daß er ihn nicht gesehen hatte. »Man müßte Burgy aufwecken und die Gören hier ins Bett schicken«, sagte er. »Sie stören ja nich weiter«, sagte George. »*Mir* is es egal«, sagte Lee, »ich will bloß keinen Ärger kriegen, du weißt ja, was man uns gesagt hat.« George sagte einen Moment lang nichts und dann sagte er: »Ich auch nicht«, und nach einer Weile sagte er: »Ich will auf keinen Fall, daß du Ärger kriegst, Lee. Schick sie 'raus, wenn du willst. Ich hindere dich nich dran.« Nach einigem Nachdenken sagte Lee: »Ach, laß sie schon bleiben.« Nach kurzer Pause sagte er: »Wo is 'n Sockertees?« Das war einer von Richards Spitznamen, und Richard wagte kaum zu atmen. Und Hobe sagte, genau wie Richard es vorausgesehen hatte: »Wie ich ihn zuletzt gesehen hab, war er noch in der Marienkapelle.« »Na, jetzt is er da nich mehr«, sagte Lee. »Wahrscheinlich is er schon zurück un ins Bett gegangen«, sagte George. »Nee«, überlegte er, »wir hätten ihn ja gehört, wenn er 'rausgegangen wäre.« »Verrückter Kerl«, sagte Lee. Richard versuchte sich darüber klarzuwerden, ob das mit Zu- oder Abneigung gesagt war, aber soweit er feststellen konnte, war es keins von beidem, sondern nur die nüchterne Feststellung einer Tatsache. Abneigung wäre ihm fast lieber gewesen; auf keinen Fall konnte er jetzt hineingehen, nachdem Lee das gerade gesagt hatte, und obwohl er sich plötzlich sehr einsam fühlte und sich heftig wünschte, drinnen bei ihnen zu sein, wo sich niemand groß darüber aufregte, daß sie noch nicht alle im

Bett waren, wünschte er sich doch noch heftiger, nicht in ihrer Nähe oder überhaupt in jemandes Nähe zu sein. Verrückter Kerl: verrückter Kerl: trotzdem konnte er nicht weggehen, denn vielleicht sagten sie noch etwas über ihn. Er hörte direkt, wie George sagte: »Och, er is 'n netter Kerl«, oder auch nur »Och, er is schon in Ordnung«, und damit wäre alles viel besser gewesen und er hätte hineingehen können; nur sagte George nichts dergleichen, er sagte überhaupt nichts, er schien es einfach wie eine allgemein bekannte Tatsache hinzunehmen; und nach einiger Zeit sagte Lee: »Ich muß 'n paar Kerzen 'rausnehmen, sonst komm ich mit den neuen nich aus«; und George gab keine Antwort und Lee sagte: »Ich hab gedacht, es wäre noch 'ne ganze Schachtel da«, und George sagte: »Nich daß ich wüßte«; und Lee gab keine Antwort, und George sagte: »Wenn du 'n paar Kerzen 'rausschmeißt, halten sich vielleicht die Blumen 'n bißchen länger. Ich kann verwelkte Blumen auf'n Tod nich ausstehn«; und plötzlich merkte Richard erschrocken, daß er spionierte, und schmiegte sich so eng, wie er konnte, an die Wand, denn irgend jemand war aus der Marienkapelle gekommen, und jetzt konnte er erkennen, daß es Claude war, und er dachte erleichtert, er schläft in St. Josephs, er geht vorne 'raus. Allerdings ging Claude erst bis zur Mitte, als ob er sich verneigen oder das Knie beugen wollte, und blieb einen Augenblick stehen, warf dann den Kopf mit einer eigenartigen, unverschämten Bewegung schräg hoch, drehte dem Altar den Rücken zu und ging durch das Mittelschiff zurück und durch die Vestibültür; und nach einem Augenblick hörte Richard die Außentür; und dann nichts; und als sein Atem wieder etwas ruhiger ging, durchquerte er das Querschiff, ohne stehenzubleiben und sich zu verneigen, und ging zurück in die Marienkapelle.

Die Betpulte waren alle besetzt; er kniete hinten auf dem nackten Fußboden nieder, bekreuzigte sich, schloß die Augen und neigte den Kopf. Herr, gib, daß ich nicht wieder anfange zu träumen, betete er und vertrieb Claudes Bild aus seinen Gedanken. Das ist die letzte Gelegenheit, sagte er sich. Wenn er sich ein bißchen vorbeugte, konnte er die Uhr sehen. Es war schon fast viertel vor. Er war wütend über sich selbst und unterdrückte diese Wut, denn sie war schlecht. Herr, sei mir armem Sünder gnädig, betete er und machte die Augen wieder zu.

Er wartete aufmerksam mit geschlossenen Augen, aber er empfand nichts außer der Leere in seiner Seele und dem Schmerz in den Knien und im Rücken. Gegrüßet seist du, Maria, flüsterte er und sagte das Gebet zweimal auf. Er wiederholte ziemlich rasch fünf Ave-Maria, und dann nochmal drei sehr langsam, wobei er versuchte, jedes einzelne Wort gebührend zu betonen, und immer noch empfand er nichts, nicht einmal bei den Worten Bitte für uns Sünder jetzt und in der Stunde unseres Todes. Was ist denn mit mir los, fragte er sich. Er hielt die Augen geschlossen. Vielleicht gerade weil er seinen Knien eine Ruhepause gegönnt hatte, taten sie jetzt weher denn je. Oder es lag daran, daß er jetzt auf dem flachen Fußboden kniete, statt die Knie gegen eine Bretterkante zu pressen. Die Rillen, die diese Kante verursacht hatte, taten schrecklich weh, die Knochen direkt unterhalb der Kniescheiben schmerzten noch mehr. Und knapp eine Minute später tat ihm das Kreuz weher als je zuvor. Er beugte sich ein bißchen vor, und obwohl ihm dabei der Rücken weh tat, verschaffte es ihm doch etwas Erleichterung. Er ließ sich zusammensinken, so daß er auf den Fersen saß, und das veränderte zum mindesten den Druck auf die Kniescheiben. Er beugte sich vor, bis seine Brust fast auf den Knien ruhte, und das half seinem Rücken. Es sieht genauso aus, als wäre ich in Anbetung versunken, dachte er und schämte sich sofort seiner Heuchelei. Ganz egal, dachte er, wenn es mir nur hilft zu beten. Gegrüßet seist du, Maria, betete er wieder. Aber er empfand immer noch nichts. Sein Herz war leer und sein Geist war müßig, und er konnte nicht vergessen, wie unbequem seine Körperhaltung war.

Er öffnete die Augen und sah sich nach einem Kissen um und entdeckte eins, das vor ihm auf der anderen Seite der Kapelle an der Fußleiste lehnte. Er hätte aufstehen und an Julian vorbeigehen müssen, wenn er es sich holen wollte, und Julian benützte keins. Er kniet auch noch nicht so lange wie ich, überlegte er sich. Was ist schon dabei. Er wird denken, ich bin zu spät gekommen. Grade eben erst. Na, wennschon. Aber je mehr er darüber nachdachte, desto fester war er entschlossen, nicht hinüberzugehen und das Kissen zu holen. Wenn ich schon nicht ordentlich beten kann, sagte er sich, dann kann ich wenigstens das tun. Er hatte das stolze und ruhige Gefühl, sich selbst zu strafen. Streng auf alles achtend, was er tat, richtete er sich gerade auf und streckte sein Rückgrat, damit seine Knie und sein Kreuz so heftig schmerzten wie möglich, und er legte die Hände flach zusammen mit ausgestreckten Fingern, die Fingerspitzen einander berührend, und den rechten Daumen über den linken gelegt, wie man es ihm beigebracht hatte, als er auf seine Rolle als Meßdiener vorbereitet wurde. Gewöhnlich verwirrte ihn diese merkwürdige und sorgfältige Haltung der Hände, sie kam ihm so weibisch vor. Nur wenige Meßdiener hielten sich daran; die meisten falteten einfach die Hände, genau wie Richard, und die meisten Priester machten es ebenso; aber jetzt kam es ihm nicht weibischer vor, als wenn man ganz vorn am Altar kniete. Es war eben einfach die richtige Handhaltung beim Beten, das war alles. Durch die Schmerzen in den Knien und im Rücken wurde ihm die ungewohnte Handhaltung noch viel klarer bewußt, bei der die Fingerspitzen sich so leicht und passend berührten, die Daumen verschränkt waren, bei der sich zwischen den Handflächen eine saubere Höhlung aus verschattetem Licht bildete; seine Hände fühlten sich an, als seien sie voller Güte und Ruhe, und ließen ihn an Bilder von Kathedralen denken.

Er versuchte so leise zu atmen, daß er gar nicht spürte, wie seine Brust sich hob und senkte oder wie durch seine Nase Luft ein- und ausströmte, und er blickte eifrig auf die Monstranz und sah im Geiste durch den Schleier das glitzernde sonnengleiche goldene Rund mit der weißen Mitte vor sich, und auf dieser Mitte den gekreuzigten Christus, den er zuerst in Metall und dann in Holz und endlich in Fleisch und Blut sah; aber er überlegte sich, ob diese Bemühungen, sich etwas im Geiste vorzustellen, nicht nur Kniffe waren, mit denen er seine innere Leere zu überlisten suchte, denn er war immer noch leer, er konnte nicht beten und nichts empfinden. Als er sich daraufhin bildhafte Vorstellungen verbot und sich mit besonderem Nachdruck auf die Disziplin seines Körpers konzentrierte, begannen seine Knie und sein Rücken noch ärger zu schmerzen, und er dachte verwundert an die jungen Männer, Knaben im Grunde, kaum älter als er, jedenfalls nicht viel älter als George, die auch eine ganze Nacht hindurch wachend und betend auf dem Steinfußboden einer Kirche gekniet hatten; ihre Waffen und Rüstungen waren gesegnet worden und warteten und schimmerten matt in der züngelnden Finsternis; und sie wachten und beteten vor der Messe und der Kommunion und vor dem größten Augenblick ihres Lebens, dem Augenblick, in dem der König mit der flachen Schwertklinge ihre Schulter berührte; und dann stand der junge Mann auf, und man half ihm, die vollständige Rüstung Gottes anzulegen, und er ritt hinaus über die im Morgentau glitzernden Wiesen, zum erstenmal ein Ritter, ein fahrender Ritter, der auf Gottes Befehl hin auszog, Unrecht aufzuspüren und in Recht zu verwandeln, und in den Prüfungen, die in der großen, weiten Welt auf ihn warteten, seine Tapferkeit und Keuschheit zu beweisen. Ach, mir fällt aber auch wirklich nichts Besseres ein, schalt er sich voll Selbstverachtung; und er dachte mit Neid und Ehrerbietung an die längst vergangene Zeit, die jenen glänzenden jungen Männern gehört hatte; er verlegte sein ganzes Gewicht mit aller Kraft zuerst auf das eine Knie und dann auf das andere, so daß er sich zusammennehmen mußte, um nicht laut aufzuschreien, und er hielt den Rücken noch gerader als bisher, und er freute sich, als durch seine Handhaltung jetzt auch seine Arme weh taten bis weit zur Schulter hinauf. Aber es ist so wenig, was ich tue! dachte er und dachte dabei an den lebendigen Christus am Kreuz; und er bemühte sich mit aller Kraft, sich eine Hand vorzustellen, die auf splitterigem Holz lag, und die Spitze eines Nagels, die auf den Mittelpunkt dieser offenen Hand gerichtet war, und einen großen Hammer; und wie der Nagel hindurchgetrieben wurde, einen Knochen brach, tief in das Holz geschlagen wurde, so daß der Kopf des Nagels ganz in Fleisch und zersplittertem Knochen begraben war, und wie man dann wirklich sagen konnte, *Vater, vergib ihnen, denn sie wissen nicht, was sie tun.* Und das ist nur die eine Hand, erinnerte er sich selbst. Nun aber beide Hände. Und beide Füße. Noch dazu beide Füße übereinander gekreuzt, und ein Nagel durch beide Füße zusammen. Und wenn sie dann das Kreuz, an dem du hängst, aufrichten und tief in das Loch senken, das sie dafür gegraben haben! Und als er sich diesen Augenblick vorstellte, verspürte er einen reißenden, krampfartigen Schmerz mitten in jeder Handfläche und rief, einen Augenblick lang geblendet von staunendem Entzücken, weil er sich an die Bilder großer Heiliger erinnerte, im Innern laut aus, *Ich habe die Wundmale!* Und erst, als er sich dabei ertappte, wie er die Augen und die Hände öffnete, um nachzusehen, ob es auch wirklich stimmte, erkannte er, daß er wieder einmal in dieser Nacht, und zwar blasphemischer, absurder als je zuvor, in der stolzen Einbildung seines Herzens gesündigt hatte. *O mein Gott*, stöhnte sein Herz, *Mein Gott, wie kannst Du mir vergeben!* Das muß ich beichten, sah er ein. Ich kann nicht. Das nicht. Wie kann ich *so etwas* beichten!

Die Sünde, die zu beichten er sich bisher am meisten gefürchtet hatte, eine unzüchtige Handlung, die so kompliziert war, daß es zwar sehr aufregend war, wenn man sie beging, daß es aber nahezu unerträglich war, wenn man sie einem anderen, noch dazu einem Priester, genau und in allen Einzelheiten angeben sollte, so daß er ernstlich überlegt hatte, ob er nicht sein Seelenheil aufs Spiel setzen und sie nur ganz allgemein erwähnen sollte: neben dieser neuen Ungeheuerlichkeit – noch dazu zweimal in einer Nacht und beide Male in der Allgegenwart Gottes – kam es ihm beinahe leicht vor, über jene häßliche und erniedrigende Wollust zu sprechen. Aber ich werde es trotzdem beichten, erklärte er sich grimmig. Weil ich im Stande der Todsünde lebe, wenn ich es nicht tue. Nein, ich werde es beichten, weil ich es getan habe und weil es mir so schwerfällt, und es ist mir auch ganz egal, wem ich es beichten muß, ich werde mich nicht davor drükken, ganz gleich, wer gerade Beichte hört, und auch nicht auf jemand anderes warten, nicht einmal, wenn es Pater McPhetridge ist. Ich werde die ganze Sache erzählen, genauso, wie sie passiert ist – wie ich glaube, daß sie passiert ist, heißt das. Jawohl, ich werde es beichten. Weil ich muß.

Er schaute stolz zur Monstranz auf und fühlte, wie sich Kraft und Wohlbehagen in seinem Innern ausbreiteten, und auch Hochachtung vor sich selbst; denn ihm begann aufzugehen, daß viele Menschen gar nicht erkennen würden, um was für eine schreckliche Sünde es sich hier handelte, und daß nur wenig Menschen eine so tiefe Zerknirschung verspüren oder den Mut haben würden, sie voll und ganz, in all ihrer scheußlichen Schändlichkeit, zu beichten: und dann fielen Kraft und Selbstachtung wieder von ihm ab, und er war entsetzt, als er erkannte, daß er in seinem Stolz und seiner Selbstgefälligkeit schon wieder gesündigt hatte und wieder beichten mußte: und wiederum hatte er damit, daß er diese letzte Sünde sofort erkannte, als sie sich regte, und sie bereute und auch zu beichten beschloß, in gewissem Sinn die Schuld ausgeglichen und sein Wohlbehagen und die Selbstachtung wiederhergestellt; und darin lag schon wieder etwas Böses, und in der Reue darüber lag dann wieder gleichzeitig Gutes und Böses, bis es ihm vorkam, als werde er durch das Rechte selbst oder auch nur den Wunsch nach dem Rechten in ewige Schuld verstrickt und als wäre er zwischen beiden in der Falle gefangen, zwischen Gut und Böse, als wären sie zwei Spiegel, die mit der Glasfläche zueinander standen, wie er es sich oft gewünscht hatte: zwei Spiegel, die einander ehrlich reflektierten und sich unaufhörlich immer weiter ausdehnten in der Dunkelheit, die ihr Zusammentreffen, ihr Einander-gegenüber-Stehen schuf, und er selbst stand in der dunklen Mitte zwischen den beiden Spiegeln, und es gab nichts wirklich Gutes und keine wirkliche Sicherheit, sosehr er sich auch anstrengen mochte, eine Schuld zu erkennen oder zu bereuen, es gab immer nur eine neue Versuchung, der zu widerstehen seine Seele anscheinend machtlos war; denn war nicht dieses Gefühl des Friedens, des

Wohlbehagens, der Stärke selbst schon eine Sünde? Aber was sonst konnte eine Seele, der vergeben worden war oder vergeben werden konnte, eine Seele, die ehrlich zerknirscht und bereit war, sich selbst zu bestrafen, schließlich empfinden? Ich bin ein Narr, daß ich es überhaupt versuche, stöhnte er, und er empfand Verachtung für jeden Augenblick des Wohlbehagens, an den er sich erinnern konnte, der durch einen guten Gedanken oder ein gutes Wort oder eine gute Tat entstanden war. *Alles* geht schief, erkannte er. Alles, was der Mensch selbst tun kann, geht schief. Es ist nur Seine Gnade. Das ist es. Dafür ist Er gestorben. Dafür stirbt Er heute. Nur Seine Gnade kann uns helfen. Man kann nichts weiter tun als beten. O Gott, betete er, sei mir *gnädig, mir armem Sünder.* Laß nicht zu, daß ich das Gefühl habe, gut zu sein, wenn ich gut bin. *Wenn* ich gut bin. Laß mich nur versuchen, gut zu sein, laß mich nicht das *Gefühl* haben, daß ich gut bin. Laß mich nicht einmal *wissen*, ob ich gut bin. Laß es mich nur versuchen. Und in dieser Demut, die er als eine ehrliche und reine, ihm ganz neue Art der Demut erkannte, blitzte schon wieder ein Gefühl der Erleichterung, des Wohlbehagens, des Stolzes auf; und die Augen fest zusammenpressend rief er verzweifelt aus, *Da ist es schon wieder! O Gott, gib, daß es verschwindet! Gib, daß es nichts bedeutet. O Gott, bitte verzeih mir, da ich es doch nicht ändern kann.* Er hätte sich am liebsten mit dem Gesicht auf die Erde geworfen. *»Mein ganzes Vertrauen setze ich auf Dich«,* flüsterte er, und als ihm bewußt wurde, daß er laut gesprochen hatte, öffnete er die Augen aus Angst, jemand könnte ihn gehört haben. Niemand schien es bemerkt zu haben. Jimmy und Hobe knieten jetzt etwas weiter vor ihm. Er merkte, daß er schweißbedeckt war und daß sein Atem so kurz und rasch ging, als wenn er gelaufen wäre. Er war erschöpft und ruhig. Ihre Last ist unerträglich. Er konnte die Worte jetzt ernsthaft und ruhig empfinden, und trotzdem bedeuteten sie ihm nichts. Mein ganzes Vertrauen setze ich auf Dich, wiederholte er schweigend. Laß nicht zu, daß ich Dich enttäusche.

Heute nacht.

In eben dieser Nacht.

Denn in der Nacht, in der Er verraten wurde.

Jetzt fielen ihm wieder Bruchteile des ersten Augenblicks nach dem Erwachen ein, aber jetzt waren sie ausgedörrt und müde wie welke Blätter, so ausgedörrt und müde, wie er selbst war. Er versuchte sich klarzumachen, was alles bedeutete. Aber alles, was er sich klarmachen konnte, war ausgedörrt und müde wie das müde, ausgedörrte Feuer der Kerzenflammen.

Er kam auf die Welt, um bei uns zu sein und uns zu erlösen, und das ist das ganze Ereignis. Darauf lief letzten Endes alles hinaus. Das Licht scheint in der Finsternis, aber die Finsternis hat es nicht erkannt.

Er kam in Sein Reich und Sein Reich hat Ihn nicht aufgenommen. So saß er also da und wartete. Wartete darauf, zu sterben. Worte regten sich in seinem Innern, die sein Herz erhoben: Aber denen, die Ihn aufnahmen, verlieh Er die Macht, Kinder Gottes zu werden.

Und das Wort ist Fleisch geworden und hat unter uns gewohnt: Er schloß die Augen und neigte den Kopf. Fleisch.

Alles für uns.

All Sein Leiden für uns alle.

Das Schreckliche, das sein Onkel gesagt hatte, fiel ihm ein: »Wer hat ihn denn *gebeten*, für mich zu sterben? *Ich* nicht. Er braucht gar nicht erst zu versuchen, die Schuld einzutreiben«, hatte er gesagt, »denn es gibt keine Schuld, jedenfalls nicht, was mich betrifft.« Fast jedesmal, wenn er daran dachte, war Richard so schockiert, daß er fast Ehrfurcht vor einer solchen Blasphemie empfand; und ein paarmal, als seine Mutter oder irgendein Priester darauf herumritten, was alles wir Jesus schulden, war er versucht, sich zu fragen, ob sein Onkel nicht eigentlich recht hatte, denn es stimmte ja wirklich; Jesus hatte es getan, ohne daß ihn jemand darum gebeten hatte: aber jetzt kam es ihm weder blasphemisch noch überzeugend vor, sondern nur leer und sinnlos und grausam, und als er daran dachte, sah er den Mann vor sich, über den diese Worte gesagt worden waren, wie er ruhig und gelassen auf einem Schemel oder vielleicht auch auf einer Bank zwischen den eisengepanzerten, behelmten Soldaten saß, während sie ihn schlugen und ihm ins Gesicht spuckten und ihn verhöhnten. Niemand konnte in seine Nähe kommen oder ihm helfen oder wenigstens ein Wort der Liebe oder des Dankes oder des Trostes zu ihm sagen. Er konnte ihn nur undeutlich sehen, als ob er durch ein Kellerfenster auf das, was vor sich ging, herabspähte, und mit jedem Versuch hineinzugelangen, riskierte man Marter und Tod, und selbst wenn man es trotzdem versuchte, nützte es überhaupt nichts. Deshalb war vielleicht auch Petrus draußen geblieben. Der ganze Verrat und die ganze Feigheit Petri waren jetzt vorüber und erledigt. Nichts konnte je für ihn auslöschen, was er getan hatte. Er weinte nicht einmal mehr, weil er nicht mehr weinen konnte. Er strich nur verstohlen auf dem Gelände umher und spähte durch das Fenster. Er hatte Angst, sich zu zeigen, und er brachte es nicht fertig, fortzugehen. Er mußte sich wünschen, er wäre tot.

Hatte Judas sich jetzt schon aufgehängt? Richard konnte sich nicht genau erinnern, wann es geschehen war. Aber wenn er es noch nicht getan hatte, dann war es das einzige, was ihm noch zu tun übrigblieb. Das war alles, woran er den Rest dieser Nacht noch denken konnte, alles, was ihm noch vom Leben übriggeblieben war. Ich möchte sterben. Ach, ich möchte tot sein. Ich kann gar nicht schnell genug sterben. Judas empfand keine Reue, sagte Pater Weiler, er empfand nur Verzweiflung. Wahrscheinlich konnte er nicht weinen wie Petrus. Nur schreckliche, kalte Verzweiflung, so kalt und bitter, wie das Wort selbst klingt. Verzweiflung ist etwas völlig anderes als Reue; sie ist eine Todsünde. Eine Todsünde ist eine Sünde, die uns von Gott scheidet. Bei der Verzweiflung tut einem nicht leid, was man getan hat, wie bei der Reue, sondern man ist, nun ja, man ist eben nur verzweifelt, das ist alles.

Jetzt war gerade die tote Zeit. Die Stunden, die dazwischenlagen. Das mußten die allerschlimmsten Stunden für Jesus und für jeden, der ihn liebte, gewesen sein. Jetzt gab es kein Zweifeln mehr. Kein Beten mehr zu Gottvater, Wenn es möglich ist, laß diesen Kelch an mir vorübergehn: das ist längst vorbei. Es ist nicht möglich. Das ist alles. Kein Gericht mehr, keine Verhandlung, kein Antworten auf alberne Fragen. Er ist bereits verurteilt, zu sterben. Er ist dem Gesetz überantwortet. Und nun ist eben die Zeit, die dazwischen liegt. So müde. Kein Schlaf, die ganze Nacht lang. Warten, sich innerlich bereit machen, während sie Ihn verhöhnen und verspotten und auslachen und Ihm ins Gesicht spucken und Ihn mit Dornen krönen und Ihm das Rohr in die Hand geben als Zepter, einfach nur warten, die ganze lange Nacht hindurch, nur sich zum Sterben bereit machen, während die Nacht langsam in den Morgen übergeht, und es ist der allerletzte Morgen. So sehr zu leiden, daß Er ausrufen wird, *Mein Gott, mein Gott, warum hast Du mich verlassen?* Und dann sterben. *Es ist vollbracht.* Und dann sterben. Und indem Er das

Haupt neigte, gab Er Seinen Geist auf. Und dann (Richard konnte sich schon im voraus daran erinnern) der betäubte und seltsame Friede, den Nachmittag und die Nacht und den ganzen nächsten Tag hindurch, und das ruhige, fast geheime Leuchten der gewaltigen Kerze in der beginnenden Abenddämmerung des Karsamstags, an dem immer noch alles wie auf Zehenspitzen ging; und dann im ersten Licht des Morgens der stillste und wunderbarste Augenblick des Jahres, die ruhig gesprochene Stille Messe: »Er ist auferstanden.« Und dann das feierliche Hochamt und die blendende Pracht des Osterfestes. *Christ ist erstanden Von der Marter allen, Des sollen wir alle froh sein, Christ soll unser Trost sein.*

Aber noch nicht. Das weiß man immer noch nicht, obwohl man es gleichzeitig *doch* weiß. Noch sind wir alle voller Kummer, voller Leid und Trauer. Tief in unserm Innern kennen wir zwar ein Geheimnis, aber wir wagen noch nicht, darüber zu sprechen, nicht einmal zu uns selbst. Wir wagen noch nicht ganz zu glauben, daß es wirklich wieder geschehen wird, bis es dann tatsächlich wieder geschieht. Bis Er wiederkehrt. Denn in der Nacht, in der Er verraten wurde. Es ist seitdem über neunzehnhundertmal geschehen, und doch ist es noch nie zuvor geschehen. Noch nicht. Und wir wissen nicht, ob es jemals geschehen kann. Haben uns nie träumen lassen, daß es geschehen könnte. Kann.

Noch nicht. Jetzt ist gerade die tote Zeit und Er wartet. Das ist Seine letzte Nacht, und Sein letzter Tag bricht jetzt bald an. Bevor dieser Tag vorüber ist, ist Er tot.

Mein Jesus, flüsterte er und faltete fest die Hände; die Kehle wurde ihm eng.

O Heiland der Welt, der Du durch Dein Kreuz und Dein kostbares Blut die Welt erl –

Ach mein Herr und Gott, Du stirbst für mich, flüsterte,

weinte, wehklagte seine Seele. Für *mich*, und ich kann nichts für Dich tun. Ich kann Dich nicht einmal trösten oder mit Dir reden oder Dir danken. Ich kann an Dich denken. Ich kann versuchen, mir vorzustellen, was Du für mich durchmachst. Für mich und für alle Sünder. Ich kann einsehen, daß jede Sünde, die ich begehe, ob sie groß oder klein ist, ein Dorn oder ein Nagel oder ein Hammerschlag ist oder vielleicht auch nur eine Fliege, die Dich bis aufs Blut reizt und quält, die in der Hitze am Kreuz auf Dir herumkrabbelt und Dich kitzelt und Dein Blut ißt und trinkt, und Du kannst sie nicht fortjagen, Du kannst Dich nicht einmal bewegen, und jede gute Tat oder jede echte Dankbarkeit oder jeder Gedanke der Liebe muß doch Deine Leiden eine Spur weniger schrecklich machen. Herr, ich liebe Dich. Herr, ich trauere um Dich. Mein Herr und Gott, ich bete zu Dir. Mein armer Herr, ich wünschte, ich könnte für Dich leiden. Herr, ich danke Dir. Herr, erbarme Dich meiner. Christus, erbarme Dich meiner. Herr, erbarme Dich meiner.

Er öffnete ruhig und verwundert die Augen. Für ihn war heute wirklich der Tag, an dem es geschah. Nicht nur ein Gedenktag, sondern der Tag selbst. Dort stand Sein geweihter Leib, verhüllt zwischen Blumen und Feuer, aber gleichzeitig war Er auch lebendig anwesend, in Fleisch und Blut, und an ebendiesem Morgen, in ebendiesem Augenblick wartete er; und jetzt erlebte Er seine letzten Stunden.

Er wird heute die Sonne nicht untergehen sehen.

Er blickte auf all die Lichter, die zwischen den sterbenden Blumen wie Speere emporragten und in die Höhe strebten. Knorrig und geriffelt vom überlaufenden Wachs standen die Kerzen da wie Getreidegarben; einige neigten sich, von der Hitze gebeugt, nach vornüber wie Winterschößlinge. Fast alle Blumen ließen ihre erschöpften Gesichter hängen. Sie waren jetzt so zerzaust und verkümmert, daß er zwischen ihnen deutlich die vielen verschiedenen Formen und Größen der Gefäße, in denen sie standen, erkennen konnte, die ordentlichen Vasen und Krüge und Töpfe, und die Wassergläser und Konservenbüchsen aus den armseligen Berghütten. Er konnte schwach die Uhr ticken hören. Heute nacht, flüsterte er und betrachtete die Verwüstung. In dieser Nacht. In dieser Minute. Er beugte sich vor und sah auf die Uhr. Es war eine Minute nach fünf. Irgend etwas beunruhigte ihn, etwas, das er getan oder unterlassen hatte, irgendein Versagen seiner Seele oder ein Versäumnis seines Herzens, an das er sich jetzt nicht genau erinnern, oder sollte er besser sagen, das er nicht vorhersehen konnte; er war leer und nutzlos, auf irgendeine Weise hatte er versagt. Und doch war er gleichzeitig bis zum Überfließen erfüllt von einem ehrfurchtsvollen und staunenden Gefühl des Friedens und der Dankbarkeit. Mein Becher läuft über, flüsterte etwas in seinem Innern, aber was er im Geiste vor sich sah, war ein trokkener Kelch, ein leerer Gral. Ich kann nichts mehr tun, überlegte er, und wenn ich die ganze Nacht hierbleibe. Nichts mehr. Es hat keinen Zweck: und er fuhr fort, völlig gedankenlos die kunstvoll ausgeschmückte Ruine zu betrachten. »Lebwohl«, flüsterte etwas aus der unberechenbaren Tiefe seines Innern. *O lebwohl, lebwohl,* erwiderte sein Herz. Eine seltsame und glückliche Trauer erfüllte ihn. *Es ist vollbracht,* flüsterte seine Seele. Er schaute auf die demütigen Rücken vor ihm und betete: Der Friede Gottes, der über alles Begreifen hinausgeht, erhalte unsere Herzen und unseren Verstand in der Erkenntnis und der Liebe Gottes und seines Sohnes Jesus Christus. Und der Segen Gottes des Allmächtigen, Gott Vater, Gott Sohn und Heiliger Geist, sei unter uns und bleibe ewig bei uns.

Er öffnete die Augen; und alles war genau wie zuvor. Natürlich. Er war erleichtert und verlegen und voll inneren Friedens. Es gab nichts mehr zu tun oder zu denken oder zu sagen.

Er machte sorgfältig das Kreuzzeichen, stand auf, beugte das Knie und verließ die Kapelle; vor der Nordtür zog er die Schuhe aus. Hobe und Jimmy kamen hinter ihm her, und auch sie zogen die Schuhe aus.

# 3

Sie gingen die Sandsteintreppe hinab und traten in eine Luft hinaus, die so verschieden war von den wetteifernden Kerzen und den sterbenden Blumen, daß sie wie angenagelt auf dem Kiesboden stehenblieben. Der Morgen war noch nicht angebrochen, aber die Nacht war fast vorüber. Der Kiesboden riß alles Licht an sich, das in der untergehenden Dunkelheit vorhanden war, und verströmte es nach oben, und in der Finsternis zwischen den Bäumen unterhalb der Wirtschaftsgebäude wehte ein blühender Hartriegelstrauch wie ein Atemhauch im Winter. In der unnahbaren Stille schoß eine solche Woge der Energie durch ihre nackten Füße und ihre Körper hindurch hinauf in den Himmel, daß sie erzitterten, als habe sie ein Gespenst angerührt. Scharf und fast lautlos lachte Hobe.

Sie sahen zu den letzten müden Sternen hinauf und zu den dunklen Fenstern ihres Schlafsaals und überlegten sich, was für eine Strafe sie wohl erwartete.

»Verdammte Scheiße«, sagte Hobe. »Nicht mal beten darf man, möcht bloß wissen, was für 'n Scheißdreck man überhaupt darf!«

Vielleicht, überlegte Richard, sagten sie überhaupt nichts. Beten war schließlich eine ausgezeichnete Entschuldigung. Voll leichtsinniger Aufregung drückte er die Fußsohlen gegen den Erdboden. Na, wennschon, sollten sie doch.

Weit hinten, auf der anderen Seite der Felder krähte mit rostiger Stimme ein Hahn.

»Los, gehn wir bummeln«, sagte Richard.

Sie nahmen es so selbstverständlich hin, als hätte es einer von ihnen gesagt.

»Wir werden bestimmt erwischt«, sagte Jimmy.

»Na, wennschon«, sagte Hobe. »Den Arsch voll kriegen wir sowieso.«

Ein wenig näher, aber immer noch sehr entfernt, antwortete knarrend ein zweiter Hahn.

Vielleicht auch nicht, dachte Richard. Nicht *unbedingt.* Und wennschon.

»Los, wir gehn zur Kiesgrube«, sagte Hobe.

»Friern uns ja die Zehen ab«, sagte Jimmy.

»Bis wir hinkommen, is die Sonne aufgegangen«, sagte Hobe.

Stolz und wild erklang hinter dem Küchenhaus der Schrei eines dritten Hahns, stieg strahlend auf, bohrte sich ihnen vibrierend ins Fleisch, so vergnügt und aufreizend wie der Klang einer Maultrommel.

»Nu kommt schon«, sagte Richard und begann mit raschen Schritten den matt schimmernden Kiesplatz zu überqueren.

Er war überrascht, daß er gesprochen hatte, und noch überraschter, als er merkte, daß sie ihm folgten. So macht man das also, dachte er und ging etwas schwankend, unsicher, schweigend, aber in gehobener Stimmung weiter: das ist also alles. Er führte sie am Küchenhaus vorbei.

Stolz, erkannte er: eine Todsünde. Wie soll ich nun das beichten? Durch das leise schwankende Drahtmaschennetz sah er, wie der große Hahn, schwarz in der undeutlichen Beleuchtung, seinen wachsamen Kopf hochwarf und das Gefieder schüttelte: in dem Schweigen vor Tagesanbruch ein Priester, der sich zur Messe ankleidete. Irgend etwas Schweres traf ihn, und der ganze Körper neigte sich zur Seite und zitterte vor Entsetzen; die Frauen des Feiglings gackerten aufgeregt auf ihrer Stange.

Richard hatte ein Gefühl, als hätte man ihm einen Schlag

in den Magen versetzt. Ich habe vor beiden Angst, überlegte er, besonders vor Hobe, und wenn es darauf ankommt, wissen sie das ganz genau.

Und dabei bin ich größer als alle beide, zwang er sich festzustellen. Aber jünger. Groß für mein Alter, deshalb bin ich auch so ungeschickt und empfindlich.

Trotzdem größer.

Vielleicht macht das den Stolz wieder wett, dachte er, während sie an dem vernichtenden Gestank der Toiletten vorbeigingen.

Da er in sicherem Abstand vor ihnen herging, schlug er sich heimlich an die Brust.

Man kann nie etwas mit etwas anderem wettmachen. Gestehe, daß du geglaubt hast, man könne es.

Er versuchte sich vorzustellen, wie er diese Sünde beichten sollte. Ich habe die Sünde des Stolzes begangen und außerdem eine andere Sünde, deren Namen ich nicht weiß. Ich war stolz darauf, daß sie mitkamen, als ich sagte, Los, gehen wir zur Kiesgrube (und dabei habe ich nicht einmal als erster daran gedacht), so als hätte es einer von ihnen gesagt, und auf einmal wußte ich, daß man einfach nur etwas sagen und dann, ohne zu warten, damit anfangen muß, dann machen sie mit. Und dann geschah etwas, woran ich merkte, daß ich Angst vor ihnen hatte, und ich gab vor mir selbst zu, daß ich – feige – bin, und dann dachte ich, wenn ich das vor mir selbst zugegeben habe, dann, ja, dann brauche ich vielleicht nicht zu beichten, daß ich vorher stolz gewesen war. Ich dachte, das würde den Stolz wettmachen.

Er versuchte sich den Priester vorzustellen, bei dem er diese Beichte ablegte. Pater McPhetridge, Pater Whitman, Pater Weiler, Pater Ogle, Pater Fish. Vielleicht ging es, wenn er Pater Fish bekam, aber selbst wenn er zu mogeln und sich seinen Beichtvater auszuwählen versuchte, was wahrscheinlich auch eine Sünde war, wußte er immer noch nicht genau, ob es glückte und er wirklich den Beichtvater bekam, den er haben wollte. Die anderen würden glatt denken, er wäre verrückt oder so. Verrückter Kerl. Oder er wolle sich einen Vorteil verschaffen. Und vielleicht stimmte das sogar.

Was man einem Priester in der Beichte sagt, darf er nie weitererzählen, sonst kommt er in die Hölle. Aber derjenige, bei dem man beichtet, weiß trotzdem Bescheid. Und wenn er weiß, daß man sich ehrlich und aufrichtig bemüht, gut zu sein, dann hält er einem auch hinterher vieles zugute, und wenn man sündigt, indem man eben das erreichen will, kann er schließlich nichts dafür. Und wenn er denkt, man will sich nur bei ihm einschmeicheln, dann, na ja, dann weiß man bei jedem Blick, mit dem er einen von da an ansieht, was er von einem denkt.

Wenn er allerdings wirklich glaubt, daß man nur aus diesem Grund beichtet, dann würde er einem wahrscheinlich keine Absolution erteilen.

Wenn man weiß, daß es eine Sünde ist, dann muß man es beichten, ganz egal, was er von einem denkt.

Der gärende Boden des Schweinegeheges, tiefschwarz und glänzend wie schweres Öl, roch so aufdringlich und verlockend, daß sie wie ein Mann am Gatter stehenblieben und hineinschauten. Obwohl es kaum hell zu werden begann, glänzte der aufgewühlte Schlamm an den Rändern wie Steinkohle. Jimmy ließ die Hand in seinen Overall gleiten und berührte seinen nackten Körper; als er merkte, was er getan hatte, zog er sie bedachtsam zurück. Sie bemühten sich angestrengt, in den dunklen Stall hineinzusehen, und konnten schwach die dicht nebeneinanderliegenden eiförmigen Gestalten der Schweine erkennen.

»Oink, oink«, grunzte Hobe mit so tiefer Stimme, daß Richard ganz überrascht war.

*Cruuuuumpf* erwiderte ein Schwein im Schlaf.

Sie stiegen über den Zaunübertritt und schlugen sich in den Wald, wobei ihre wenig abgehärteten Füße vorsichtig auftraten. Sie erschauerten vor Kälte, als sie in die schweigende und verschwommene Dunkelheit des Waldes eintraten, und es war, als ob sie aus der Hitze eines Sommermorgens in einen Eiskeller kämen, und der Geruch verwelkter Blätter, verwesenden Holzes und des ansteigenden Jahres war genauso durchdringend wie die Kälte. Ein Hartriegelstrauch breitete sich vor ihnen aus, jede einzelne Blüte so groß wie ein Auge, kam näher und blieb wieder hinter ihnen zurück, und tief versteckt zwischen den schwarzen Bäumen vor ihnen sahen sie andere im ersten Morgenlicht schimmern, triumphierend und traurig, einsam wie Nebelflecken; und blinde Gruppen noch nicht erwachter Lorbeersträucher; und als das Licht jetzt allmählich ausreichte, sahen sie, daß der Waldboden immer noch die lederartige Farbe vorjährigen Laubes hatte, kärglich mit Grün bestickt. Weiter entfernt war der Wald farblos wie eine Photographie, wie er es den ganzen Winter über gewesen war, aber in der Nähe wirkten die Baumstämme nicht mehr schwarz. Einige waren schwärzlich, andere bräunlich, und wieder andere waren grau und graugrün und silberbraun und silbergrün, und jetzt konnte man auch ganz deutlich die vielen verschiedenen Formen und Arten der Rinden voneinander unterscheiden, runzlige, mosaikartige, tief gefurchte und seidig glatte, geschuppte, als ob sie aussätzig wären, und kannelierte wie die Säulen eines Tempels. Einige Zweige sahen immer noch so dunkel und zerbrechlich aus wie mitten im Winter, viele waren schuppig und pickelig und geschwollen, als wollten sie im nächsten Augenblick aufbrechen und bluten, und viele waren goldbraun wie Bronze und einige waren rot wie Blut; einige hatten kleine Knospen wie die Geweihansätze junger Rehe, und andere wieder waren so zierlich und ordentlich mit jungen Blättern befiedert, wie es Richard bei den Pfeilen, die er sich machte, nie gelingen wollte. Es wurde jetzt zusehends heller, und sie konnten weit in den Wald hineinsehen, und überall unter ihren Füßen breiteten sich diese lederartigen, flachen, murmelnden Wellen aus, und überall tauchten zwischen den zurückweichenden Bäumen strenge Wolken aus Immergrün und milde Wolken aus Blüten und träumendem Lorbeer auf, und überall, so weit das Auge reichte, führten sie die jungen Blätter, übereinandergeschichtet wie bloßgelegter Schiefer, beharrlich in den betäubten Wald hinein; während sich ihnen die Bäume wie Apostel in den Weg stellten. Der Pfad durch diese sich windenden, tanzenden Bäume hindurch, den sie seit dem letzten Herbst nicht mehr betreten hatten und kaum mehr kannten, federte elastisch unter ihren Füßen, die dröhnenden Bäume, die sie mit den Händen berührten oder beklatschten, fühlten sich so lebendig an wie Pferdeflanken, die lauschende Luft war voller Erwartung. Als sie sich der Lichtung näherten, dachte jeder von ihnen an den Pflaumenbaum und stellte ihn sich in festlichem Glanz vor, aber er hing schwarz, nach allen Seiten rissige Ellbogen in die Luft streckend, inmitten der sich öffnenden Lichtung. Von irgendwoher jedoch, aus dem abgefallenen Silber des zerstörten Hauses, wie es schien, verfolgte sie der vertraute, zirpende Gesang eines Vogels in seinem Hinterhalt; sie wußten nicht, was für ein Vogel es war; und auf der anderen Seite der Lichtung blieb Richard plötzlich stehen und ließ die anderen vorübergehen: denn hier fand er, sich von der scharfen Rinde deutlich abhebend, die Hülle einer Heuschrecke, durchscheinend silbern mit Gold überhaucht; der ganze Rücken war aufgeplatzt, die harten Krällchen, die einzige ihr verbliebene Kraft, waren so fest in die Rinde gekrallt, daß er die Hülle nur mit großer Sorgfalt und Vorsicht ablösen konnte, da er sie nicht zerbrechen wollte.

Sie schien aus Luft zu bestehen, die sich zu fester Substanz verdichtet hatte; nur weil er sie anfassen und sehen konnte, keineswegs aber, weil er ihr Gewicht spürte, wußte er, daß sie auf seiner Handfläche lag. Er hielt sie in der hohlen Hand und betrachtete den gewölbten, gespaltenen Rücken, drehte sie mit der Fingerspitze um und untersuchte die roh, doch kunstvoll ausgearbeitete Struktur der Beine und der kleinen Krallen. Er probierte es aus: er konnte sich damit in den Finger stechen. Er drehte sie wieder um und hielt sie dicht an die Augen: die Augen schauten in seine Augen. Ja, sogar die Augen waren vorhanden, blinde, silberne Kugeln, in denen die lebendigen Augen so makellos enthalten gewesen waren: sogar das winzige rudimentäre Gesicht mit dem verzerrten und bösen Ausdruck war noch da, das Gesicht eines menschlichen Embryos, er konnte sich an die Zeichnung in einem Buch seines Großvaters erinnern, ein verkrampfter Panzer, stirnrunzelnd, schimpfend, strahlend, sehr ernst, wütend, weit entfernt, tot, ein Teufel, älter, seltsamer als Teufel, so frühzeitlich, so urweltlich, so uranfänglich wie ein Trilobit. Dinosaurier richteten sich schwerfällig auf und kämpften miteinander; eine Flugeidechse lief mit kalten Flügeln auf dem Miasma der Luft Schlittschuh, Farne, gewaltiger als die größten Kastanienbäume, entstanden, um ausgerechnet hier in diesen Höhlungen Kohle zu bilden. Silur, Mesozoikum, Protozoikum, Jura, der ganze Planet ein einziger, ungegliederter rauchender Sumpf, Kronen, Throne, Kolonien, Fürstentümer, Paläozoikum, durch alle Ränge und Königreiche hindurch bis zum Höhepunkt und Zentrum hinauf, gerüstet mit der strahlenden Grausamkeit unsterblicher Geduld, marschierten Zeitalter und Engel klirrend in seiner Seele auf.

Wann war sie aus der Hülle geschlüpft? Jetzt eben? In ebendiesem Frühling? Oder war die Hülle schon den ganzen Winter über dagewesen? Das hätte bedeutet, daß sie auch den ganzen letzten Herbst und Sommer dagewesen war.

Ich hätte sie gesehen; im letzten Herbst; im letzten Frühjahr. Wenn sie die ganze Zeit da war und ich sie bisher nicht gesehen habe, wie kommt es dann, daß ich sie jetzt sehe?

Den ganzen Winter. Das ganze Jahr. Oder erst seit dem ersten schönen warmen Tag. Oder eben erst, gerade bevor ich sie gefunden habe. Dieser von oben bis unten aufgespaltene Rücken. Aber es tut bestimmt nicht weher, als wenn man gekreuzigt wird.

Er bekreuzigte sich.

Sie hat sich aber ordentlich festgeklammert.

Er versuchte sich vorzustellen, wie er selbst so fest zupackte, daß sein Rücken in zwei Hälften auseinanderbrach, und wie er sich dann so säuberlich und vollständig aus jedem Bein und jedem Arm und jedem Finger und jedem Zeh herauszog, daß die genaue Form unversehrt zurückblieb.

Sanft setzte er die Schale, Krällchen um Krällchen, wieder genau an die alte Stelle zurück.

Als er Hobe und Jimmy endlich wieder einholte, waren sie schon fast am Bahndamm angelangt.

Am Ende der Schneise auf der anderen Seite des Bahndamms sahen sie die verwitterte Eiche drohend emporragen, und als sie jetzt rascher an den Schienen entlang weitergingen, tauchten bald die Überreste der Maschinen auf und die toten Kegel zinnfarbenen Sandes und der runzlige Sandstein und endlich das düstere Wasser, das während dieser ganzen kalten Monate unberührt geblieben war. Lange schwarze Löcher an den Turmseiten ließen erkennen, wo während des Winters Planken heruntergefallen waren. Das Wasser war bewegungslos und nahezu schwarz. Der ganze, im Grunde so vertraute Platz lag totenstill da und schien sie keineswegs willkommen zu heißen. Als sie vom Bahndamm abbogen, um zur anderen Seite der Kiesgrube hinüberzugehen, hörten sie die Geräusche einer hastigen Flucht unter den rotgefärbten Brombeersträuchern, aber obwohl sie, so schnell sie konnten, auf leisen Sohlen herbeieilten und Steine zwischen die hin- und herzuckenden Brombeerranken warfen, ließ sich nichts blicken, und bald hörte auch das Rascheln auf.

Nun, da sie angelangt waren und in dem heiteren Schweigen der freien Lichtung standen, verlor der Tag allmählich seine Unwirklichkeit; sie merkten, wie unangenehm kalt die Luft immer noch war, selbst hier, außerhalb des Waldes, und wie bitter kalt das Wasser aussah, und ihnen war gar nicht nach Baden zumute. Aber keiner wollte es offen zugeben, nicht einmal vor sich selbst, und erst als sie sich schon ausgezogen hatten, zögerten sie ganz offensichtlich. Sie trachteten danach, sich nicht mehr Zittern anmerken zu lassen als unbedingt nötig und nicht etwa den Eindruck zu erwecken, daß sie herumtrödelten, aber sie trödelten alle herum und sie stellten fest, daß sie einander an diesem ungewöhnlichen Ort und in dieser zögernden Stille interessierter betrachteten als im Schlafsaal. Obwohl Jimmy in jeder anderen Beziehung der kleinste von den dreien war, hatte er doch bei weitem den größten, und er hatte im Laufe des Winters viel mehr Haare bekommen, als Richard bisher für möglich gehalten hatte. Hobe hatte immer noch nicht viel, aber es wurde ja immer behauptet, daß er Indianerblut habe, und da hatte er natürlich noch nicht viel Haare, und wahrscheinlich bekam er auch nie viele. Die wenigen, die er hatte, jedoch waren dunkel und hoben sich deutlich von seiner dunklen Haut ab, während die paar Haare, die Richard hatte, so hell waren, daß sie wahrscheinlich kein Mensch erkennen konnte, wenn er nicht direkt vor ihm stand. Dafür vermutete er aber, daß in Wirklichkeit seiner der größte war, denn Jimmys sah so aus, als ob er zum mindesten zur Hälfte stand. Jimmy schien sich in seiner Vorrangstellung, ob er sie nun wirklich einnahm oder nicht (jedenfalls hatte er bestimmt mehr Haare, darum war nicht herumzukommen), ganz wohl zu fühlen und keine Spur von der Verwirrung zu verspüren, die Richard immer so heftig empfand, wenn jemand ihn auch nur mit dem Ansatz zu einem Steifen sah. Trotzdem drehte er sich ein wenig um, dem Karfreitag zu Ehren, und aus demselben Grund betrachteten er und Richard einander weniger offen, als sie sich zu jeder anderen Zeit angesehen hätten, und Richard konnte sich nicht recht entschließen, ob er die Hände vorhalten sollte oder nicht. Der einzige Junge, den Richard kannte, der nie seinen eigenen Körper oder sein Interesse für einen anderen Körper verbarg, war Hobe, und auch jetzt schien es ihm völlig gleichgültig zu sein, daß heute Karfreitag war. Er betrachtete sie und ließ sich von ihnen betrachten, und zwar mit einer Kaltblütigkeit, die beinahe amüsiert wirkte. Er urinierte ein paar Tropfen auf seinen Bauch und rieb sie mit der flachen Hand ein, als Vorbeugungsmittel gegen Krämpfe. Er machte keinerlei Anstalten, sich zu bedecken, und erst, als er mit der einen Hand die Nase zuhielt, um mit wildem Spritzen und Aufklatschen ins Wasser zu springen, hielt er mit der anderen vorsorglich seine Geschlechtsteile fest.

Er tauchte mit einem ungläubigen, erstickten Schrei wieder auf und begann wie ein Wahnsinniger um sich zu schlagen, und Jimmy und Richard ersahen daraus, daß das Wasser sogar noch kälter sein mußte, als sie angenommen hatten, und sie wußten, daß sie nun keinen Augenblick mehr zögern durften. Jimmy sprang mit den Füßen zuerst hinein; Richard machte einen Kopfsprung. Das Wasser dehnte sich unter ihm zu einer riesigen eisernen Fläche aus, und einen Augenblick lang spürte er, welchem brutalen Schock und Schmerz er sich jetzt unausweichlich ausgeliefert hatte, empfand er eine unheilvolle Heiterkeit, wie in einem Traum, in dem man ins Bodenlose fällt, und er hatte gerade noch Zeit, sich mit dem stummen Aufschrei, so betäubend hell wie das Schmettern von Zimbeln, *für Dich!* aufzuopfern; dann tauchte er in die vernichtende Kälte ein. Sein Kopf dröhnte, und immer noch innerlich *für Dich* schreiend machte er mechanische Schwimmbewegungen, um so tief wie möglich hinunterzutauchen, und obwohl er die Augen offen behielt, konnte er nichts von dem steilen Sandsteinfelsen sehen, an dem er sich mit den Händen entlangtastete, sondern nur den gedämpften Lichtschimmer über sich. Das Wasser war viel kälter, als er sich hatte vorstellen können, und im ersten Augenblick war er fast bewußtlos geworden, aber mit dem Reflex des Tauchers hatte er ganz automatisch den Atem angehalten, und als er sich jetzt von Riff zu Riff immer tiefer an dem noch viel kälteren Grund entlangtastete, durchschoß seinen Körper eine so brennende und heiter-gelassene Energie, daß er jeden Zentimeter seiner Haut so bewußt spürte, als ob sie aus Feuer bestünde, und jeder einzelne Muskel schien ganz genau seine Form und sein Gewicht zu fühlen, und er wünschte, er brauche nie wieder aufzutauchen, und er blieb in dem tiefsten Graben auf dem Grund liegen, sein Bauch versank im Schlamm, seine Augen waren geschlossen, seine

Hände ruhten auf dem Felsen. Er befreite sein Gesicht aus dem Schlamm und öffnete vorsichtig die Augen; er konnte das Tageslicht, das hoch oben über ihm immer heller wurde, mehr fühlen als sehen. Er drehte den Kopf zur Seite und schaute in die Höhe; da war es, eine reine, schwere Platte, die sich nach unten zu allmählich abschattierte, bis sie kaum merklich in tödliche Dunkelheit überging. In seiner Brust und in seinem Kopf begann es zu klopfen, mit jedem Pulsschlag fiel es ihm schwerer, sich an den Felsen festzuhalten. O Herr, laß mich heute mit Dir leiden, betete er, während seine Lungen fast barsten; und er klammerte sich noch heftiger fest. Du hast kein Recht dazu, erklärte ihm wortlos seine eigene Stimme, du hast kein Recht dazu. Kein Recht; aber trotzdem kämpfte er gegen sein Bedürfnis nach Luft an, füllte seine Wangen mit der erschöpften Luft aus seinen Lungen und schluckte sie in so kleinen Schlucken wie irgend möglich wieder hinunter. Sein Kopf hämmerte und dröhnte so heftig, daß er seine bruchstückhaften Anstrengungen, sich aufzuopfern und sich dann auch wieder Vorwürfe deswegen zu machen, kaum hören konnte; aber blind und mit letzter Kraft zwang er sich, unten zu bleiben. Und dann erkannte er, daß er zu lange unten geblieben war; er konnte unmöglich mehr rechtzeitig an die Oberfläche gelangen. Mein Gott. Is ja gut. *Für Dich!* stöhnte er. *Kein Recht! Mach, daß du 'rauskommst!* brüllte er sich lautlos an. Aber noch bevor er sich den Befehl erteilen oder sich überhaupt zu dem Befehl entschließen konnte, arbeitete sein Körper für ihn; seine Füße stemmten sich gegen ein Felsenriff, seine Knie beugten sich, und er schoß durch das heller werdende Wasser mit mehr Kraft nach oben, als er überhaupt noch in sich vermutet hatte; trotzdem schien sich das Wasser unendlich hoch über ihm zu türmen, und er wußte immer noch genau, daß er die Oberfläche nie mehr rechtzeitig erreichen würde, und er schrie sich zu, *Ich hatte nicht den Mut dazu!* und *Jedenfalls hab ich's versucht!* womit er meinte, er habe versucht, aus Hingabe an Gott zu lange unten zu bleiben, und gleichzeitig meinte, er habe versucht, sich vor der schlimmsten aller Todsünden zu bewahren; und keuchend, mit zurückgeworfenem Kopf, durchstieß er die Wasseroberfläche gerade noch rechtzeitig, trat erschöpft Wasser, nahm das strömende, beulenfarbige, brüllende und schweigende Strudeln der Welt in sich auf und holte so tief Luft, daß seine Lungen fast zu platzen schienen; und bald festigte sich die Welt wieder, und alle Farben und Verfärbungen klärten sich und hoben sich kräftig durch die Baumwipfel des Waldes jenseits der Eisenbahnschienen ab, und er entdeckte, daß außer den fernen Stimmen der beiden Jungen und der noch ferneren Stimme eines Vogels die Welt selbst in zartem Schweigen verharrte und aller Lärm nur in seinem eigenen Kopf vorhanden war und rasch erstarb; alles, was er sah, zuckte immer noch im Gleichklang mit seinem Pulsschlag hin und her, und klopfend wie ein Herz erhob sich über dem Wald die Sonne.

Die Zahnwurzeln taten ihm immer noch weh, und obwohl er die Zähne fest zusammenbiß, damit sie endlich aufhörten zu klappern, zitterte sein Kinn wie eine Kaninchennase, und seine Atemzüge kamen kurz und zittrig, als stoße er lauter kleine Glas- oder Eisstückchen aus. Von der Wasseroberfläche bis etwa zur Taille hinunter kam ihm das Wasser überraschend warm vor, aber von der Taille bis zu den Knien war es grimmig kalt, und seine erstarrten Füße bewegten sich wassertretend über einer tödlich kalten, trostlosen Finsternis, zu der er nie wieder hinuntertauchen würde, wie er jetzt dankbar erkannte. Abgesehen von seinen Füßen, die gar nicht mehr zu ihm zu gehören schienen, stand sein Körper aber immer noch in hellen Flammen vor Freude darüber, daß er existierte, und er stellte keine strengen und drängenden Forderungen mehr, sondern war beinahe schläfrig. Er ließ die geschmeidigen Hände leicht an den Rippen und Flanken entlanggleiten und entdeckte, daß sein Geschlecht so stark zusammengeschrumpft war, als ob es einem Baby gehörte. Ich hätte sterben können, stellte er fast gleichgültig fest. *Da bin ich!* sang sein begeisterter Körper. Ich könnte in ebendiesem Augenblick tot sein, überlegte er mit schläfriger Ehrfurcht. *Da bin ich!* Nun, da er sich beruhigt hatte und wieder gleichmäßig atmen konnte, versuchte er nicht mehr, sein Zähneklappern zu unterdrücken, sondern blieb wassertretend an derselben Stelle und wandte nur den Kopf ein wenig ab, damit die anderen die unerwartet hervorschießenden Tränen nicht sehen konnten; und indem er träge versuchte, sich die Leiden zu vergegenwärtigen, die Jesus in diesem Augenblick erduldete, schaute er weinend vor Zärtlichkeit und dankbarem Staunen still in die dämmernde Sonne.

Aber da er sich so lange still verhielt, überwältigte ihn schließlich die Kälte, und nachdem er zweimal, so schnell er konnte, den Teich auf und ab geschwommen war, taumelte er aus dem Wasser.

Er hatte sie beinahe vergessen; sie waren schon dabei, sich mit ihren Hemden abzutrocknen. Hobes Körper war bläulichrot; Jimmy sah aus, als habe er sich in einem blauen Netz verfangen.

»Was hast du denn vorgehabt?« fragte Hobe. »Wolltste dich ertränken?«

»Ich bin nur unter Wasser geschwommen.«

»Ich war drauf und dran, nach dir zu tauchen«, sagte Jimmy, »da biste endlich hochgekommen.«

»Wir ham schon gedacht, du wärst ertrunken«, sagte Hobe.

»Ne, ich war ganz in Ordnung«, sagte Richard. Er griff nach seinem Hemd. »He-ii!« brüllte er.

Gelassen den festgewachsenen Kopf steuernd, diese Krönung der verschiedenen, sich vorwärtsschiebenden Windungen, die aus sich heraus keine Kraft auszuüben, sondern nur die Energien des lenkenden Kopfes, der hinwiederum von ihnen gelenkt wurde, aufzunehmen und durch sich selbst hindurch nach hinten zu schicken schienen, schob sich die Schlange, prächtiger, als Richard je eine gesehen hatte, an einen Sandsteinfelsen heran und in die ersten warmen Sonnenstrahlen. Jede einzelne weizenfarbene Schuppe und ihre ganze barbarische Musterung wirkte so frisch und klar wie eine Gemme, und sie hob sich so prachtvoll und stattlich gegen den dunkelbraunen Erdboden ab, daß Richard ganz geblendet war, und als er ihr zusah, wurde ihm schneidend scharf bewußt, wie empfindlich stolz und müde ihr ganzer Körper sein mußte, denn es war klar, daß sie eben ihre alte Haut abgestreift hatte und mit der ersten wiederkehrenden Kraft die neue Haut ausprobierte. Ihr vornehmer Stil und ihre Pracht, ihre fürstliche Eleganz, die Kälte ihrer Augen und die messerscharfe Kälte und Süße ihrer sich unaufhörlich verändernden Linie ließen sich zunächst nicht im geringsten erschüttern, nicht einmal durch Richards Gebrüll; nur die kleine Zunge schnellte zu Richards beinahe ehrfürchtigem Staunen hervor wie ein fadendünnes Horn aus Rauch, ihr Blick schien Richards Blick zu begegnen und eher noch kälter und hochmütiger zu werden, und mit der Vitalität ihrer geschmeidigen Eleganz schob sie sich noch etwas weiter auf den Stein hinauf: so daß Richard ein paar Sekunden lang in vollendeter Ausführung, königlich gefährlich, anbetungswürdig und furchterregend, den Inbegriff des unbegreiflich Fremdartigen an Natur und Schönheit vor sich sah; und er stand verzaubert da. Aber als die anderen herbeiliefen, veränderte die Schlange innerhalb eines einzigen Augenblicks ihre Richtung, so rasch, daß man unmöglich feststellen konnte, was zwischen diesen Windungen eines flüssigen Paroxysmus vor sich ging, mit einem eisigkalten Raspeln gegen Stein, das Richard erregte, wie ihn bisher noch kein Geräusch erregt hatte, und das ihm einen Kälteschauer über den Rücken jagte, sie glitt ungeheuer schnell zwischen die untersten Zweige der Dornbüsche und unter das abgefallene Laub, wobei ihr schillernder Glanz sie ständig verriet. Die anderen schrien und brüllten, und Jimmy schob einen Stock unter die Schlange und schleuderte sie so geschickt in die Luft, daß sie ein paar Sekunden lang zusammengekrümmt, als ob sie fliehen wolle, durch die Luft segelte, eine fließende Hieroglyphe, und mit einem demütigenden Aufblitzen des elfenbeinernen Bauches auf dem offenen Felsen landete, bevor sie sich wieder aufrichtete und mit geölter Flinkheit von neuem dem Gebüsch zustrebte. Aber jetzt schwang Hobe einen Stein, der so schwer war, daß er ihn nur ungeschickt hochheben konnte, hoch über ihrem schwankenden Kopf; und Richard, der direkt hinter ihm stand, ertappte sich dabei, wie er die Hand nach dem Stein ausstreckte, um ihn Hobe aus den Händen zu reißen. Aber noch während er die Hand ausstreckte, merkte er, daß Jimmy ihn verblüfft ansah, und damit wurde ihm bewußt, was er tun wollte, und er riß sich zusammen, denn er erkannte, daß sie nie verstehen würden, warum er es tat, daß sie auf ihn wütend sein würden, und zwar mit Recht, und daß sie vielleicht sogar in ihrer Wut auf ihn losgehen würden; und als er sich dessen bewußt wurde, wurde ihm gleichzeitig klar, daß es nicht nur seine übliche

Tierliebe war, die ihn wünschen ließ, er könne die Schlange retten, sondern irgend etwas Neues in ihm, das er nicht verstehen konnte und das ihm von Grund auf unbehaglich war. Diese verschiedenen Stadien des Bewußtwerdens überkamen ihn mit schrecklicher Schnelligkeit und lähmten ihn, so daß er sich vorkam wie in einem Traum, und für den Bruchteil einer Sekunde, der unendlich lange zu dauern schien, erstarrten der hocherhobene Stein, der ungläubig Danebenstehende und die verwirrte Hand, während er darum kämpfte, ob er seine Hand hemmen oder zupacken lassen sollte. Aber es dauerte schließlich nur einen Augenblick, und bevor er sich aus seinem Zögern aufraffen konnte, ließ Hobe den Stein krachend herabsausen auf den Stein und auf einen Bogen der sich windenden Schlange, die, geknickt wie eine zerbrochene Peitsche, sinnlos fortfuhr, Energien durch ihren auseinandergebrochenen Körper zu jagen, die Augen voller Entsetzen, die Zunge so geschäftig, daß sie in ihrer Geschwindigkeit einen blumenhaften Schatten warf. Jimmy eilte mit seinem Stock herbei und schlug auf den Kopf ein, aber der Kopf war immer noch wendig genug, um seinen Hieben auszuweichen. Richard hatte einen Augenblick lang das Gefühl, als habe er sich eben übergeben. Dann hob er einen kleinen Stein auf, brüllte: *»Macht, daß ihr aus dem Weg kommt«*, kauerte neben der Schlange nieder und hämmerte auf ihren Kopf ein. Der Kopf peitschte um seine Hand wie ein sommerlicher Blitz, während er auf ihn einschlug, und aus der Dunkelheit seiner blinden Wut tauchte immer wieder die Frage auf, *ist sie giftig? ist sie giftig?* aber es ging ihm nur um eins, nämlich so schnell wie möglich diesem schrecklichen zerstörten, nutzlosen Winden, diesem nicht umzubringenden Trotz ein Ende zu machen, und endlich schlug er zu und betäubte, schlug zu und verfehlte, schlug zu und zertrümmerte den Kopf, der sich trotzdem greisenhaft hob; die Zunge flatterte, und das eine noch verbliebene Auge senkte sich in sein Auge wie eine Nadel; und noch einmal, und der Kopf lag zerschmettert und sich verschiebend inmitten seiner Trümmer; und noch einmal, und er wurde platt gegen den Stein gedrückt, obwohl der Körper immer noch, selbst mit der Hälfte hinter dem Bruch, peitschte, innehielt, zitterte, peitschte. Während er dieses zitternde Zucken beobachtete und verzweifelt wünschte, er könne die Schlange so zerschmettern, daß sie sich nie wieder bewegte, erkannte er, daß sie nicht vor Sonnenuntergang sterben würde; und im Augenblick, in dem er das erkannte, hörte er, wie Hobe es aussprach, und an dem ruhigen Ton, in dem Hobe sprach, und an Jimmys verlegener Scheu merkte er, daß sie Respekt vor ihm hatten; daß er ihre Verachtung überwunden hatte und jetzt einer der Ihren werden konnte, wenn er wollte, weil er seine nackte Hand in die Reichweite jenes schlauen, tüchtigen Kopfes gebracht und so zügellos und mit solcher Brutalität getötet hatte. Er blickte kaltblütig auf seine zitternde Hand: die Knöchel waren blutig, und sie war mit Schleim gerändert, der zu jucken und zu brennen schien, während er trocknete, und sie hielt immer noch den Stein.

»Wasch den Dreck lieber ab, du«, sagte Hobe. »*Mensch*, wenn davon was ins Blut kommt!«

Er kauerte immer noch am Boden, betrachtete seine Hand und dachte nach. Er merkte, was für eine gute Meinung sie von ihm hatten, und spürte, wie rauh seine Hand war und wie scharf der feuchte Schleim brannte, und er bekam allmählich das Gefühl, eine Art von Tapferkeit bewiesen zu haben, die er bisher nicht gekannt hatte, und er wünschte, seine Hand könnte nach und nach und auf ganz natürliche Weise von selbst wieder sauber werden, so wie das

Aschenmal am Aschermittwoch nach und nach von selbst von der Stirn verschwindet. Er konnte nicht mit Sicherheit feststellen, was für eine Schlange es gewesen war, da die abgeworfene Haut fehlte und der Kopf so hoffnungslos zerstört war, daß man unmöglich bestimmen konnte, ob er wie ein Sarg geformt gewesen war oder ob er Giftzähne gehabt hatte. Aber es war keine Klapperschlange und wahrscheinlich auch keine Mokassinschlange, und gestreift war sie auch nicht, so daß er daran zweifeln mußte, ob sie überhaupt giftig gewesen war. Wenn es aber keine Giftschlange war, dann war er auch nicht tapfer gewesen; und wenn es keine Giftschlange war, dann tat es ihm leid, daß er sie getötet hatte oder daß er überhaupt so dumm gewesen war und die anderen herbeigerufen hatte, die jede Schlange, die sie sahen, automatisch töteten, denn Schlangen faszinierten ihn schon lange, und er hatte immer das Gefühl gehabt, daß man die harmlosen in Ruhe lassen sollte, da so wenig Menschen sie in Ruhe ließen. Er bemerkte unklar, daß Hobe etwas gesagt hatte und daß er überhaupt nicht darauf geantwortet hatte, und das war ihm unangenehm. Er hätte schrecklich gern probiert, wie der Schleim schmeckte; aber sie beobachteten ihn. Er drehte den Stein um und betrachtete ihn: der Schleim und die Überreste der Schlange fingen das weißer werdende Sonnenlicht ein wie Glimmer. Er schleuderte den Stein in die Mitte des Wassers (ungefähr dahin, wo ich untergetaucht bin, wurde ihm bei näherem Nachdenken klar) und kletterte vorsichtig hinunter zum Rand des Wassers und steckte die Hand und den Arm bis über den Ellbogen in das kalte Wasser und beobachtete, wie sein Arm sich ruhig in der brennenden Kälte auf und ab bewegte; die Adern traten an seinem Unterarm fast so stark hervor wie bei einem erwachsenen Mann. Er beschloß, seine Hand nur ins Wasser zu tauchen, sie nicht zu waschen, ganz gleich, was Hobe dazu sagen mochte. Aber Hobe sagte nichts.

Sie zogen sich nachdenklich an, und sie wußten sehr wenig zu reden; nun, da sie auf dem Rückweg waren, gab es nicht mehr viel, worüber sie nachdenken mußten, außer über den Krach, der ihnen bevorstand. Sie hätten auch Krach bekommen, wenn sie aus der Kapelle direkt zurückgegangen wären, denn sie waren viel länger geblieben als die Wache, für die sie sich eingeschrieben hatten, dauerte. Aber sie sahen allmählich ein, daß er nicht so schlimm geworden wäre, wie er jetzt werden mußte; vielleicht wären sie sogar noch so davongekommen. Wenn sie zu irgendeiner Zeit vor Tagesanbruch ins Bett gegangen wären, wäre der Krach nicht so schlimm geworden, wie er jetzt werden würde. Wenn sie in dem Augenblick zurückgekommen wären, in dem die Sonne aufging, wäre er schlimm geworden, aber nicht so schlimm wie jetzt. Jetzt war helles Tageslicht, und es wurde mit jeder Minute heller, und mit jeder Minute, die sie länger fortblieben, wurde der Krach, der ihnen bevorstand, schlimmer. Vielleicht bekamen sie Ausgangsverbot, vielleicht mußten sie Stumpen roden oder die Senkgrube in der Toilette ausheben, vielleicht bekamen sie Prügel, vielleicht sogar durften sie nicht an dem Picknick am Ostermontag teilnehmen, und sie hatten doch vorgehabt, zum Wet Cave zu gehen, der Feuchten Höhle, die nie völlig erforscht worden war, und neue Stollen und wenn möglich einen neuen und geheimen Zugang zu entdecken. Man konnte überhaupt nicht sagen, was ihnen bevorstand, denn das allerschlimmste war, daß sie ausgerechnet am Karfreitag so offensichtlich gegen eine strenge Vorschrift verstoßen und dabei eine religiöse Veranstaltung dazu ausgenützt hatten, und es war gar nicht auszudenken, für wie schwerwiegend ein Priester gerade deshalb ihr Vergehen ansehen würde, auf alle Fälle für viel schwerwiegender als ein Laie. Der Zug aus Coal City kam und fuhr mit heftigem und vergnügtem Lärm an ihnen vorbei, während sie sich anzogen, aber dadurch wurde ihnen nur noch eindringlicher klar, daß jetzt allmählich die Leute auf waren und daß man jetzt sicher schon nach ihnen suchte und auf sie wartete, so daß sie kaum das Herz hatten, zu dem Gepäckwagen und dem leeren Personenwagen aufzuschauen und dem Lokomotivführer zu winken, der zu ihnen herübergrüßte.

Richard sah nicht einmal auf, als der Zug vorüberfuhr, und der Gedanke an die Strafe war ihm noch gar nicht deutlich zum Bewußtsein gekommen; die ganze Zeit, während er sich anzog, beobachtete er die Schlange. Der Teil hinter der Bruchstelle lag mit dem Bauch nach oben da, und wenn man den blassen Bauch und die unterschiedliche Struktur der Schuppen betrachtete, die so geschickt zum Kriechen ausgebildet waren, konnte einem schlecht werden. Er versuchte, alles zu betrachten, was er sehen konnte, ohne den vernichteten Kopf anschauen zu müssen, aber sein Blick schoß ständig zu der Stelle zurück, wo er zermatscht, fast wie weiches Metall, auf dem Felsen klebte und beinahe so flach und ausgezackt aussah wie die Kröten und Pennies, die sie immer in Knoxville auf die Schienen legten und von der Straßenbahn überfahren ließen. Die Schlange bewegte sich jetzt nur noch sehr schwach, aber doch noch mit genügend Kraft, um in Richard keinen Zweifel darüber aufkommen zu lassen, daß sie sich weiter bewegen und blind die Agonie des Todes erleiden werde, den ganzen Vormittag und den dreistündigen Gottesdienst und den ganzen Nachmittag hindurch, bis endlich, wenn der oberste Rand der Sonne unter den Horizont gesunken war, die Schwanzspitze noch ein letztes Mal zucken und die Schlange für alle Ewigkeit stilliegen werde.

»Nu komm schon«, hörte er erschrocken auffahrend Hobes Stimme neben seiner Schulter. Er wandte sich zum Gehen.

»Nimmste se nich mit?«

Richard hatte überhaupt nicht daran gedacht; jetzt, da es ihm einfiel, wollte er sie um keinen Preis haben.

»Nee.«

»Verdammich, Mensch, du hast se doch umgebracht, was?«

»Ich will se nich haben.«

Hobe und Jimmy sahen einander an. »Okay«, sagte Hobe. Er packte die Schlange vorsichtig beim Schwanz. Der zerbrochene Rumpf hielt fest zusammen; der Kopf ließ sich vom Stein abziehen wie ein Heftpflaster. Er knallte damit wie mit einer Peitsche; der größte Teil des Kopfes fiel dabei ab.

»Die bricht bestimmt in der Mitte auseinander«, sagte Jimmy.

»Mir doch scheißegal«, sagte Hobe. Aber er knallte nicht noch mal mit der Schlange. Eine halbe Schlange brauchte man gar nicht erst herzuzeigen.

Auf der anderen Seite des Bahndamms gingen sie im Gänsemarsch den Waldpfad entlang, voran Hobe, der mit der durchsichtigen Schlange gegen die jungen Blätter schlug, dann Jimmy, dann Richard. Ohne sich zu verabreden oder einander nachzuahmen hatten alle drei ihre Schuhe angezogen, als sie sich ankleideten; sie gingen ziemlich rasch, und sie sprachen nicht miteinander.

Mit der Zurückweisung der Schlange, erkannte Richard, hatte er einen beträchtlichen Teil ihrer Wertschätzung eingebüßt, wenn auch nicht alles. Er war für sie immer noch der Held dieses Abenteuers, und er wußte, daß er immer noch in einer Weise zu ihnen gehörte, wie er es bisher nie erlebt hatte. Er freute sich immer noch, daß er anerkannt wurde, freute sich immer noch über seinen eigenen Mut, obwohl es ihm leid tat, daß die Schlange getötet worden war, und obwohl er unglücklich und verlegen war, wenn sein Blick zufällig auf die Schlange vor ihm fiel. Er fing an zu spüren, wie hungrig er war, und mit dem Hunger fiel ihm auf einmal wieder ein, was für ein Tag heute war, und er war überrascht und schämte sich, daß er es überhaupt vergessen konnte. Es mußte allmählich gegen sieben sein. Vor neun begann Er nicht mit Seinem Kreuzweg. Jetzt saß Er wohl gerade auf dem Schemel oder der Bank in dem Zimmer in der Kaserne, wahrscheinlich einer Art Wachzimmer, während die Soldaten Ihn kaum beachteten, sondern ihr Frühstück hinunterschlangen und Ihn vielleicht mit Roggenbrot bewarfen; nein, es war sicher kein Roggenbrot; Er saß einfach da und hatte nichts zu essen und zu trinken, und einige der schlimmsten Dinge waren jetzt sicher schon vorüber; Er saß da in dem Purpurmantel und hielt den Rohrstock in der Hand, und das Blut von der Geißelung trocknete auf Seinem Rücken, und die aufgerissenen Wunden juckten, und der Speichel trocknete auf Seinem Gesicht (so wie meine Hand trocknet), nicht nur Speichel, sondern auch die scheußlichste Art von Rotz, wenn es hier passiert wäre, hätten sie Ihm Tabaksaft ins Gesicht gespuckt, und durch den trocknenden Speichel rann das Blut von der Dornenkrone herab; wie konnten sie Ihm die Dornenkrone fest in die Stirn drücken, ohne sich in die Hände zu stechen? Und hier bin ich nun, dachte er und erinnerte sich plötzlich daran, wie vollkommen seine Empfindungen heute morgen direkt nach dem Aufwachen gewesen waren. Hier bin ich. Er schlug sich an die Brust und versuchte sich vorzustellen, wie es wohl sein mußte, wenn man mit einer neunschwänzigen Katze mit eingeflochtenen Bleistückchen gegeißelt wurde und eine Dornenkrone trug. Da er auf den gewundenen und unebenen Weg achten mußte, konnte er es sich nicht sehr klar vergegenwärtigen. Er schloß die Augen und stolperte fast sofort über eine Wurzel. Jesus fällt zum erstenmal, sagte er zu sich. Herr, hilf mir. Herr, vergib mir, ich habe es nicht so gemeint. Er hielt die Augen offen und paßte genau auf, wohin er trat.

Der Wald war jetzt von ganz gewöhnlichem Sonnenlicht erfüllt; die Farben waren nicht mehr seltsam und die tiefen Durchblicke nicht mehr geheimnisvoll, sondern angenehm und unwichtig. Als sie an die Lichtung kamen, lag sie in harmlosem Tageslicht da, und der Vogel sang nicht mehr. Als sie fast die andere Seite dieser warmen, offenen Stelle erreicht hatten, eilte Richard zurück zu dem Baum, an dem er die Heuschreckenhülle zurückgelassen hatte, löste sie vorsichtig ab und verstaute sie mit großer Sorgfalt und fast ohne sie anzusehen in der Brusttasche seines Hemdes. Sie waren noch nicht weit im Wald, als er sie einholte. Durch das Laufen und das hastige Atmen war sein Heißhunger wieder geweckt worden; jetzt, da er wieder langsamer ging, merkte er es. Es wurde bestimmt ein langer Tag, so ganz ohne Essen, ohne daß er, falls er es durchhielt, auch nur einmal den Mund mit Wasser ausspülte. Ich schaffe es, sagte er sich und stellte sich Wasser im Mund vor. Ich werde es jedenfalls nicht tun. Er dachte wieder an die Dornen und den Speichel und die Geduld und den Mut; und an seine befleckte Hand. Das mindeste, was ich tun kann, sagte er sich. Das *mindeste*, was ich tun kann! Der Tag türmte sich lang und schwer vor ihm auf, ein gewaltiger, schattenloser Berg. Er würde ihn in der drükkenden Sonnenhitze besteigen müssen, ohne einmal rasten zu dürfen, diesen langen, ein ganzes Leben dauernden Tag hindurch und immer wieder, solange er überhaupt lebte, und oben auf dem Gipfel wartete das Sterben: Seins; sein Sterben; ein so langes und schweres Sterben. Vor Sonnenuntergang ist es nicht vorüber, sagte er sich. Eine kalte und schreckliche Schwere breitete sich in seinem Magen aus, und seine Knie wurden plötzlich so weich, daß er sich ein paar Sekunden lang an einen Baum lehnen mußte und nur mühsam Luft bekam. Nie vorher hatte er eine derartige Schwere oder ein so kaltes, zermalmendes Leid gekannt. *»Vergib!«* flüsterte er, kaum imstande, das Wort hervorzustoßen: *»Vergib! O Gott, vergib!«* Aber die kalte und ungeheuerliche Schwere wurde nur noch größer, und die Trauer schien jetzt ärger zu sein, als seine Seele ertragen konnte.

Nach einiger Zeit gewann er jedoch genügend Kraft in den Knien zurück und ging weiter, jetzt allmählich ziemlich weit hinter den anderen zurück. Aber die Schwere blieb, so daß er sich vorkam, als trüge er ein fast unerträgliches Gewicht in der Mitte seines Körpers.

Sie konnten jetzt allmählich die Wirtschaftsgebäude durch den spärlich belaubten Wald schimmern sehen; und jetzt lag die ganze Schule vor ihnen, und die beiden Jungen vorne gingen langsamer, weil sie sich überlegten, welche Lüge, wenn überhaupt eine, den bevorstehenden Krach mildern könnte. Aber es wollte ihnen keine einfallen, die ausreichen würde, und als Richard sie einholte, während sie unglücklich um den Zaunübertritt herumlungerten, waren sie so weit jenseits aller Hoffnung angelangt, daß sie sich nicht einmal die Mühe machten, ihn zu fragen, ob ihm vielleicht etwas einfalle.

Nun, da er wieder mit ihnen zusammen war, spürte er die Schwere etwas weniger heftig, und er begann sich zu fragen, was ihn denn so tief unglücklich und schwach gemacht habe und welche Strafe ihnen wohl bevorstand; jetzt konnte er sich deutlich den ersten Blick vorstellen, den Pater Whitmans harte, schlaflose Augen ihnen zuwerfen würden, wenn sie aus dem Wald heraustraten, das Haar stachlig von verräterischer Nässe; so sehr er sich schon im voraus vor den Prügeln fürchtete, die bestimmt zu erwarten waren, so fürchtete er sich doch noch mehr vor der ersten Begegnung mit diesen Augen und vor Pater Whitmans ersten Worten, wenn er auch annahm, daß diese Worte, dem Tag entsprechend, gemäßigt ausfallen würden. Er hörte, wie Jimmy zu Hobe sagte, er solle lieber sehen, daß er die Schlange loswerde, und er dachte, da habe Jimmy wahrhaftig recht; und er war weder überrascht noch besonders bekümmert, als Hobe ein paar Sekunden später die Schlange mitten unter die Schweine schleuderte. Er stand mit den anderen Kindern am Zaun und sah interessiert zu, wie zwei Schweine sich mit knurrigem Quieken um die Schlange balgten, sie an der Bruchstelle auseinanderrissen und hinunterschlangen, während die beiden Hälften noch im Schlamm zuckten. Ihm kam der Gedanke, scharf wie eine Lanze, zurückzuckend vor Entsetzen und Mitleid, daß die Schlange immer noch lebte und daß sie auch in ihren Mägen am Leben bleiben würde, so oft sie auch zerkaut und zermalmt und von Säuren aufgelöst werden würde, bis zum Ende des Tages; aber dann, als er sich an den Kopf erinnerte, sagte er sich, daß die Schlange jetzt allmählich schon so weit fort war, daß sie bestimmt weit über jede Empfindung hinaus sein mußte, daß sie wohl nie wieder etwas spüren würde, nie wieder (der Ausdruck fiel ihm plötzlich ein): (Wer hatte das gesagt? Seine Mutter. »Daddy ist schrecklich schwer verletzt worden, und deshalb hat ihn der liebe Gott zu sich in den Himmel geholt, und er kommt nie wieder zu uns zurück.«) »Nie wieder«, hörte er eine ruhige

Stimme in seinem Innern wiederholen; und im nächsten Moment hörte er auf, voll Schmerz an die Schlange zu denken. Als die Jungen dem Schweinestall den Rücken kehrten und auf das Hauptgebäude zugingen, folgte er ihnen, und mit jedem Schritt wurde das Gewicht auf seiner Seele und in seinem Körper kleiner, und mit jedem Schritt wurde es leichter zu ertragen; seine rechte Hand hing mit einem Gefühl, als sei sie kaum spürbar gewachsen, an seinem Schenkel herab, während seine Linke behutsam schützend die körperlose Schale stützte, die an seinem Herzen ruhte.

# Cotta's Bibliothek der Moderne

1 Ernst Jünger. Der Arbeiter. Herrschaft und Gestalt

2 G. K. Chesterton. Der Mann, der Donnerstag war. Eine Nachtmahr
Aus dem Englischen von Heinrich Lautensack

3 Jean Améry. Lefeu oder Der Abbruch. Roman-Essay

4 Pierre Jean Jouve. Die leere Welt. Roman
Aus dem Französischen von Friedhelm Kemp

5 Doris Lessing. Eldorado
Aus dem Englischen von Adelheid Dormagen

6 E. E. Cummings. Der ungeheure Raum. Roman
Aus dem Amerikanischen von Helmut M. Braem und Elisabeth Kaiser

7 Wilhelm Lehmann. Bukolisches Tagebuch aus den Jahren 1927–1932

8 Gottfried Benn. Frühe Lyrik und Dramen

9 Louis-René des Forêts. Der Schwätzer. Erzählung
Aus dem Französischen von Friedhelm Kemp und Elmar Tophoven

10 James Agee. Die Morgenwache. Roman
Aus dem Amerikanischen von Ruth Malchow

11 Georg Britting. Lebenslauf eines dicken Mannes, der Hamlet hieß. Roman